TORMENTA

REINOS DE MOREANIA

Marcelo Cassaro • Álvaro Freitas • Marcelo Wendel

REINOS DE MOREANIA

Criação: Marcelo Cassaro, Álvaro Freitas e Marcelo Wendel.

Texto Adicional: Felipe Della Corte.

Revisão: Álvaro Freitas.

Capa: André Vazzios, Isabella Pavani Gallo e Iago Ferreira.

Arte: Erica Awano, Erica Horita, Michelângelo Almeida, Marcelo Cassaro, Julio Cesar Leote, Luiz Eduardo Oliveira, Eduardo Francisco, Roberta Pares, Rod Reis e André Vazzios.

Logotipia e Projeto Gráfico: Fábio Akio Fugikawa.

Diagramação: Guilherme Dei Svaldi.

Editor-Chefe: Guilherme Dei Svaldi.

Equipe da Jambô: Álvaro Freitas, André Rotta, Guilherme Dei Svaldi, Guiomar Lemos Soares, J. M. Trevisan, Karen Soarele, Leonel Caldela, Maurício Feijó, Rafael Dei Svaldi, Rogerio Saladino, Freddy Mees e Tiago H. Ribeiro.

Tormenta é Copyright © 1999-2018 Leonel Caldela, Marcelo Cassaro, Rogerio Saladino, Guilherme Dei Svaldi e J. M. Trevisan. Todos os direitos reservados.

Baseado nas regras originais do jogo *Dungeons & Dragons©*, criadas por E. Gary Gigax e Dave Arneson, e nas regras da nova edição do jogo *Dungeons & Dragons©*, desenvolvidas por Jonathan Tweet, Monte Cook, Skip Williams, Richard Baker e Peter Adkison.

Este livro é publicado sob os termos da Open Game License. Todo o conteúdo Open Game é explicado na página 128.

✢✢✢✢✢✢✢✢✢✢✢✢✢✢✢✢✢✢✢✢✢✢✢

Jambô

Rua Sarmento Leite, 627 • Porto Alegre, RS
CEP 90050-170 • Tel (51) 3391-0289
contato@jamboeditora.com.br • www.jamboeditora.com.br

Todos os direitos desta edição reservados à Jambô Editora. É proibida a reprodução total ou parcial, por quaisquer meios existentes ou que venham a ser criados, sem autorização prévia, por escrito, da editora.

1ª edição: dezembro de 2018 | ISBN: 978858365094-5

Dados Internacionais de Catalogação na Publicação

C343r	Cassaro, Marcelo
	Reinos de Moreania / Marcelo Cassaro e Álvaro Freitas; ilustrações por André Vazzios [et al.]. -- -- Porto Alegre: Jambô, 2018.
	128p. il.
	1. Jogos eletrônicos - RPG. I. Freitas, Álvaro. II. Título.
	CDU 794:681.31

Sumário

Introdução 5
Um Reino de Ilhas 6
Morte Branca ao Povo das Torres 6
Um Pequeno Passo para o Homem 7
Oeste: Os Três Reinos 8
Centro: As Montanhas de Marfim 9
Leste: O Reino em Ruínas 9
Como Usar Este Livro 10
Coisas a Saber 10

Capitulo 1: Os Herdeiros 13
Nova Raça: Moreau 13
Talentos Moreau 15
Classes 17
Nova Classe: Artífice 20
Autômatos 24
Novos Talentos 27
    Poderes Concedidos 28
Equipamentos 31
Navios & Combate Naval 31
    Pilotagem e Combate 32
    Embarcações 34
    Seu Próprio Navio 34

Deuses 36
    A Dama Altiva 36
    O Indomável 37
    Barão Samoieda 37
    Champarr 38
    Gojan 38
    Holleen 40
    Lamashtu 40
    Sorinda 41
    Tamagrah 41

Capitulo 2: Ilhas de Aventura 43
Luncaster 43
Brando 52
Laughton 60
Montanhas de Marfim 68
O Reino das Torres 78
Os Seis Arquipélagos 87

Capitulo 3: Bestiário 97
Barghest 97
Cão Abissal 98
Construtos 98
Chuul 98
Demônios 99
Dragões 102
Ghob-kin 102
Gigantes Moreau 103
Harpia 104
Homem-Lagarto 105
Kobolds 106
Licantropos 106
Limos 109
Mantícora 110
Monstro Ferrugem 110
Mortos-Vivos 111
Orcs 112
Otyugh 112
Sahuagin 113
Barnabeh, O Kobode 114
Animais 115
Modelos 123
    Animal Atroz 123
    Criatura Aberrante 124
    Criatura Abissal 124
    Meio-Abissal 125
    Meio-Dragão 126
    Meio-Golem 127

Open Game License 128

Introdução

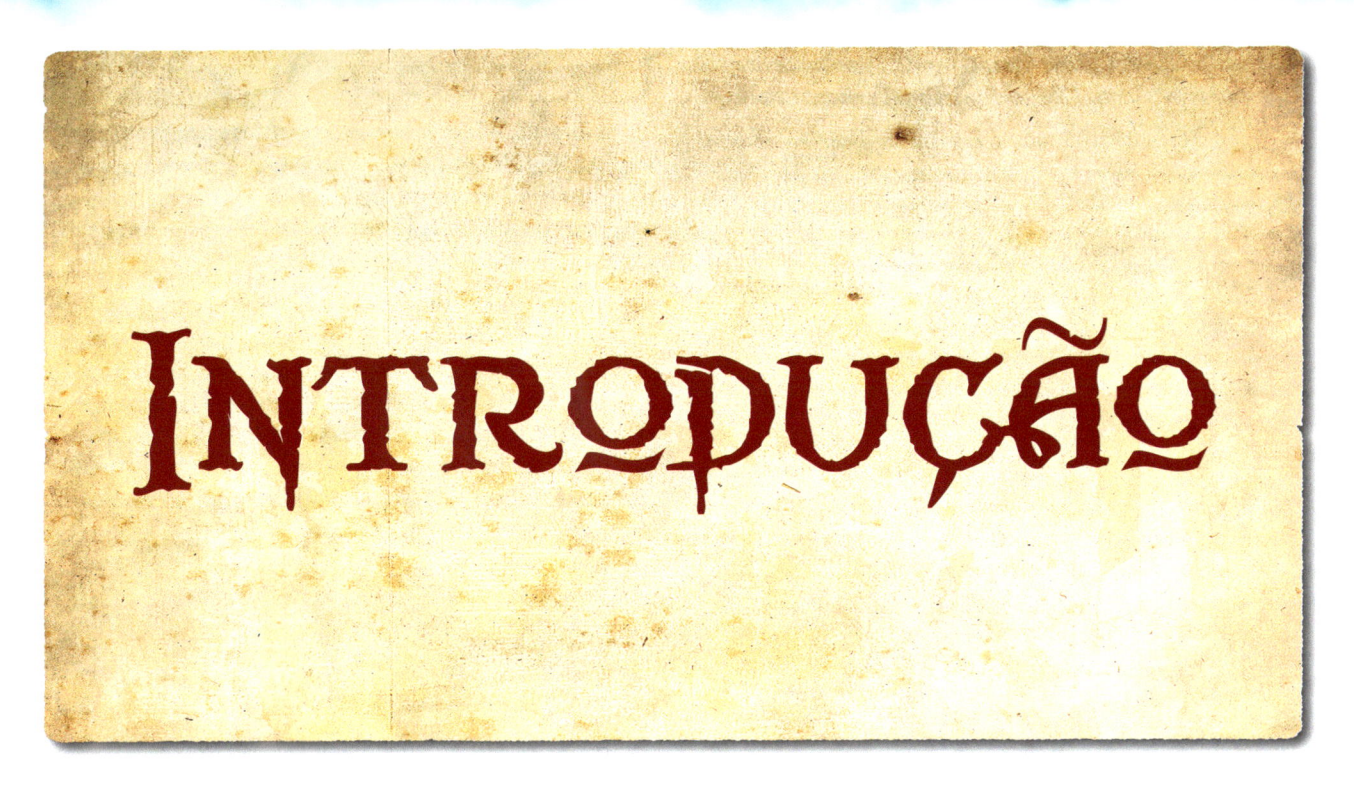

Os pés descalços não se feriam durante o passeio pela floresta densa. Nem mesmo ficavam sujos. A natureza, gentil, abria caminho para sua visitante e criadora, afastando espinhos e detritos. Galhos e folhagens curvavam-se à sua passagem. Flores pequenas e delicadas nasciam em suas pegadas, formando uma trilha de minúsculos jardins. O solo agradecia cada toque daquela entidade sagrada.

A Dama Altiva sorria. Após tanto sofrimento, tanta dor, aquela terra ainda preservava sua bondade. O mal humano não havia sido capaz de corromper sua boa alma.

Sentou-se em uma clareira, sobre um tapete de flores nascidas apenas para acomodá-la. As copas das árvores abriram-se para deixar passar raios de sol, e folhas e pétalas caíram em uma chuva macia. Pássaros, borboletas e outros pequenos seres vieram observá-la, maravilhados. Foram logo seguidos por doze animais.

Havia um búfalo. Um leão. Um coelho. Um morcego. Um urso. Um crocodilo. Uma raposa. Uma serpente. Uma coruja. Uma hiena. Um gato. E um lobo. Todos esquecidos de sua inimizade natural, deslumbrados com a visita ilustre de sua rainha.

Veio um novo sorriso, emoldurado por cabelos verdes e brilhantes.

— Os tempos de medo e morte acabaram. Os últimos humanos acabaram. Não haverá mais matança, não haverá mais paredes de pedra ou armas de aço. Haverá apenas a vida. Haverá apenas vocês.

As cores, cheiros e gestos da Dama Altiva eram a pura linguagem da natureza. Dispensavam palavras. Palavras. Uma invenção fútil, arrogante, daqueles que sentem a necessidade de dar nomes a todas as coisas. Para controlá-las ou destruí-las.

— Sejam felizes, minhas crianças. Vivam como sempre viveram.

Mas havia algo errado. Os doze animais pareciam inquietos, aprisionados de alguma forma. Eles queriam expressar algo que não existia na forma de gestos, cores, cheiros e sons simples.

Ainda que contrariada, a Dama despertou os doze animais.

— Não queremos, Mãe — disse a raposa, que primeiro aprendeu a dominar o novo dom. — Não queremos viver como sempre vivemos.

— Não queremos mais fugir — apoiou a serpente. — Não queremos ser caçados, aprisionados e mortos.

Aflição no rosto da Dama das Flores.

— Não acontecerá de novo — ela disse, com suavidade e firmeza enlaçadas. — O medonho povo humano

Os darash jamais aprenderam a conjurar magia, pois acreditavam que esse poder vinha dos deuses — e eles odiavam deuses, demônios e quaisquer outros seres mágicos. Motores a vapor moviam sua sociedade, derrubando árvores e erguendo blocos de pedra para suas torres. Servos mecânicos de muitos tipos circulavam pelas ruas, realizando trabalho braçal ou atuando como guardas e soldados.

Mas a sociedade darash cresceu de forma desordenada, gananciosa. Sem respeito aos deuses e suas criações, levaram todos os outros seres à extinção. Os recursos naturais de suas terras estavam escasseando. Os animais estavam morrendo, as florestas definhavam, as águas eram contaminadas.

Os darash precisavam de novas terras para sugar. Vieram para Moreania, ocupando sua porção leste. O Povo das Torres avançou como uma praga, devastando e conspurcando, cobrindo planícies e matas com suas cidades. Logo suas fronteiras tocavam as inóspitas Montanhas de Marfim. O Reino das Torres ameaçava vencer as montanhas e devorar as macias áreas selvagens que sabia-se existir a oeste.

Antes que isso pudesse acontecer, veio o apocalipse. O dragão de marfim ergueu-se em meio às montanhas e atacou os darash.

Mesmo com suas tropas armadas com fuzis, seus canhões imensos e suas máquinas de combate, o Povo das Torres não foi adversário para o Deus-Monstro em pessoa. De suas muitas cabeças vinham baforadas de chamas brancas que varriam cidades inteiras — aqueles abrigados em fortificações apenas levaram mais alguns momentos para morrer. Em seis dias, os darash estavam extintos.

Hoje, embora a natureza esteja aos poucos retomando seu território, o Reino das Torres é considerado um lugar amaldiçoado. Estruturas imensas dividem espaço com estradas arruinadas que cortam o antigo país. Pedaços de muralhas e chaminés recortam o horizonte.

A maior parte dos moreau prefere manter distância do lugar funesto... mas nem todos. Apesar das advertências dos religiosos, muitos acadêmicos estudam os darash e sua cultura — seja para evitar seus erros, seja para aprender com sua ciência. Aos poucos, estudiosos estão desvendando os segredos de suas armas de pólvora e servos mecânicos. Alguns artífices insistem que tais instrumentos podem ser empregados com sabedoria para tornar o mundo melhor; outros, temendo enfurecer os deuses, rejeitam com todas as forças o "conhecimento maldito".

As ruínas darash escondem segredos sem fim. Muitos moreau, sobretudo os adoradores dos Irmãos Selvagens, concordam que esses segredos são terríveis e devem continuar enterrados. Mesmo assim, aventureiros armados com pistolas ou obedecidos por homens mecânicos são cada vez mais comuns...

Como usar este livro

Reinos de Moreania é um acessório para o jogo **Tormenta RPG**. Você precisará usá-lo em conjunto com o livro *Tormenta RPG* (em qualquer uma de suas edições). Você não precisa de quaisquer outros títulos; embora alguns conteúdos necessários já tenham sido publicados em outros acessórios, eles estão reproduzidos aqui.

Este livro oferece um novo mundo para sediar campanhas de **Tormenta**, uma terra distante do Reinado de Arton, diferente e exótica. Ela contém seu próprio povo, seus próprios reinos, que fizeram contato com Arton apenas em tempos recentes. Hoje, heróis de Moreania cruzam o Grande Oceano para viver aventuras no vasto continente, enquanto nativos de Arton fazem o caminho inverso para desbravar a nova terra.

Para jogadores, este acessório oferece novas opções de personagens — sobretudo a raça moreau e a classe artífice, com seus inúmeros aprimoramentos. Esta raça e classe podem ser combinadas livremente com aquelas já existentes em **Tormenta**, seja para campanhas em Arton ou Moreania.

Para mestres, **Reinos de Moreania** oferece todo um novo e vasto mundo de campanha, completo com uma riquíssima geografia, culturas detalhadas, novos monstros e vilões. Você pode conduzir aventuras apenas com heróis moreau nativos, ou heróis estrangeiros do Reinado de Arton, ou até mesmo grupos mistos.

Coisas a Saber

Moreania será familiar a jogadores de **Tormenta** em quase todos os aspectos. Não há diferenças mecânicas — as regras são iguais, combate e magia funcionam exatamente da mesma forma. Como Arton, este é um cenário de fantasia medieval para jogos de RPG. Contém todos os elementos comuns ao gênero, como aventureiros que formam grupos para explorar masmorras, enfrentar monstros e conquistar tesouros. Mesmo assim, a Ilha Nobre tem sua própria identidade.

• **Antigo vs. Novo.** Todo moreau sabe que a beleza natural de sua terra foi quase destruída pelos darash, com sua imundice e seus engenhos mecanizados. Por esse motivo, existe entre eles grande respeito por antigas tradições que reverenciam seu passado selvagem — proteger a natureza, louvar os deuses, praticar artes marciais. Mas também há aqueles que anseiam pelo novo, tentam dominar as tecnologias proibidas, ou fazem alianças com povos estrangeiros. O conflito entre tradição e inovação é constante.

• **Mundo Tropical.** Terra de clima quente, rios caudalosos, selvas, praias ensolaradas e incontáveis ilhas menores, a Ilha Nobre oferece geografia e cultura diferentes da Arton padrão. Antigas tradições europeias — ordens druidas, torneios de cavalaria, magos em mantos estrelados — misturam-se com mitos caribenhos, nativos do Pacífico, piratas e reis da selva. Aventureiros moreau, mesmo os mais tradicionais, tendem a ser mais coloridos, vibrantes e exagerados que suas contrapartes clássicas.

• **Uma Raça, Treze Raças.** Enquanto Arton é habitada por humanos, anões, elfos e inúmeros outros povos, Moreania contém apenas uma raça para personagens jogadores — os moreau. Membros de outras raças só existem aqui como forasteiros. No entanto, mesmo em campanhas exclusivamente com heróis nativos, essa raça única não limita os personagens. Muito pelo contrário, os moreau podem ser humanos normais, ou então herdeiros de qualquer dos Doze Animais míticos, sendo que cada herdeiro pode ainda ter traços raciais customizados.

• **Orelhas de Gato.** Muitos nativos de Moreania apresentam traços ferais que podem ser apenas estéticos, ou então efetivamente oferecem habilidades especiais. Esta é uma tradição de anime/mangá conhecida como *nekomimi*, ou *catgirls* — um termo popular para garotas ou mulheres humanas com orelhas e cauda de gato. A palavra quer dizer "orelha de gato", mas também é usada para outras combinações mulher/animal, como coelhos, raposas e (mais raramente) cães. *Nekomimi* masculinos, mais raros, costumam ser associados a cães (como o cão-demônio Inuyasha) e lobos.

• **Panteão Dualista.** Em seu Módulo Básico, Tormenta apresenta vinte deuses que compõem o intrincado Panteão artoniano. Em Moreania, no entanto, apenas duas dessas divindades são cultuadas: Allihanna e Megalokk, aqui conhecidos como a Dama Altiva e o Indomável, os Irmãos Selvagens. Estes deuses têm um relacionamento complicado — às vezes aliados, às vezes inimigos. São venerados por vários cultos diferentes, cada um com sua visão particular. Os outros deuses de Arton são vistos aqui apenas como cultos estrangeiros.

• **Perigos Moderados.** Diferente de Arton, com seus dragões-reis e Lordes da Tormenta, Reinos de Moreania não é um mundo de poderes extremos. Aqui, um herói de 16º nível é praticamente épico, capaz de derrotar a maioria dos monstros e vilões. Ainda que a Ilha Nobre certamente contenha desafios para grupos poderosos, esta não é sua proposta; pelos menos em suas primeiras aventuras, recomendamos apenas personagens jogadores de níveis baixos ou médios.

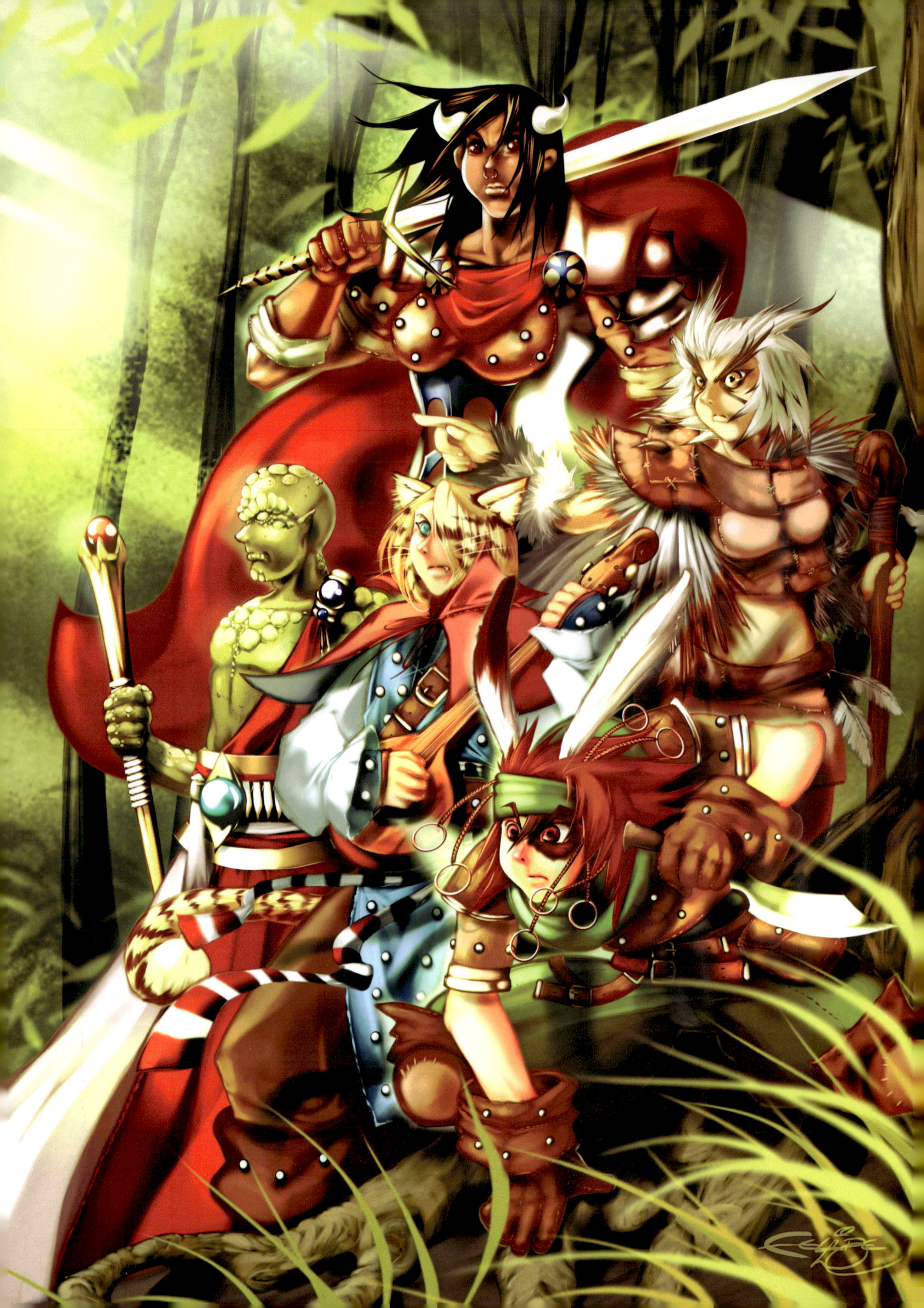

Capítulo 1: Os Herdeiros

Os Doze Animais pediram aos deuses para ser humanos. Receberam então três grandes poderes, três habilidades que separam humanos e animais.

A mão que faz e empunha armas. A mente que inventa e dá nomes. A magia que cura e invoca maravilhas.

A Mão. A Mente. A Magia.

Alguns dizem que são Três Dons. Outros preferem chamá-las Três Pecados.

Todo moreau tem o potencial para dominar qualquer destas habilidades. Cada um de nós segue um destes caminhos.

✢✢✢✢✢✢✢✢✢✢✢✢✢✢✢✢✢✢✢

Nova Raça: Moreau

Nascido no distante arquipélago de Moreania, o povo conhecido como moreau fez contato com Arton apenas recentemente, e seus representantes ainda são novidade no Reinado. De acordo com sua própria mitologia, esta raça teria se originado dos Doze Animais míticos, que há milhares de anos pediram aos deuses para ser humanos. Seu desejo foi atendido, mas muitos moreau apresentam traços anatômicos animais — como grandes orelhas, presas pronunciadas, garras, patas, focinhos...

Exceto pela aparência, os moreau são totalmente humanos em cultura e comportamento. Em sua terra natal existem cidades, torres e palácios tão impressionantes quanto no Reinado de Arton — e seus aventureiros adotam as mesmas carreiras. De fato, a descoberta da Terra Desconhecida (como eles chamam Arton) tem motivado muitos de seus heróis a atravessar o oceano em busca de oportunidades, desafios e aventuras.

Personalidade. Os moreau pensam e agem como os humanos do Reinado, demonstrando a mesma adaptabilidade, determinação e ambição do povo de Valkaria — com algumas pequenas diferenças culturais.

Uma dessas diferenças, por exemplo, é que quase todos os moreau demonstram grande amor ou respeito à natureza; até os mais urbanos entre eles ficam à vontade na presença de animais. Em sua terra, é comum conviver com animais diversos no ambiente familiar, mesmo entre membros da nobreza. O típico moreau considera-se civilizado, sofisticado, mas mesmo assim não vê grande distância entre sua raça e os animais de que vieram.

Aparência. Os moreau podem apresentar quase qualquer aspecto exótico, como pés parecidos com patas, olhos e cabelos em cores estranhas, grandes orelhas, caudas, cristas, manchas, listras e assim por diante — mas é raro que esses traços ofereçam qualquer utilidade prática. O moreau mediano não tem asas ou barbatanas funcionais, por exemplo: seus traços animais são puramente cosméticos, sem qualquer serventia prática.

Muitos moreau têm aparência quase humana. Trazem apenas traços bestiais mínimos, como orelhas levemente pontiagudas, dentes caninos salientes, unhas um pouco escuras, manchas leves sobre a pele, olhos ou cabelos de cores incomuns... Detalhes perceptíveis apenas com um exame atento.

Quanto ao vestuário, são facilmente reconhecíveis por suas vestes incomuns, chamativas e muito coloridas — à primeira vista, todos parecem swashbucklers!

Tendência. Quando pediram aos deuses para ser humanos, os moreau — que até então eram Neutros, como todos os animais — também pediram para ser capazes de escolher entre o bem e o mal, a ordem e o caos. Seus deuses, mesmo entristecidos, atenderam ao pedido. Portanto, membros do povo de Moreania podem adotar qualquer tendência, exatamente como os humanos.

Relações. Não há outros humanoides em Moreania. Por esse motivo, seres como elfos, anões, halflings e outros ainda são novidade para os moreau. Mas, por sua própria diversidade de feições, esta gente dificilmente julga alguém pela aparência. Tratam humanos, minotauros, centauros, sprites e elfos-do-mar com a mesma naturalidade.

Goblins são um caso especial: em Moreania existem apenas goblinoides selvagens, malignos — idênticos aos goblins assassinos de Lamnor, mas bem diferentes do goblin urbano do Reinado. Um moreau tem grande dificuldade em confiar nestas criaturas, mantendo as armas sempre por perto em sua presença.

Terras dos Moreau. Os Reinos de Moreania são detalhadamente descritos mais adiante neste livro. A distante Moreania é formada por centenas de pequenas ilhas, a maior delas sendo a Ilha Nobre. Grande para uma ilha, pequena para um continente, ela forma a massa principal do amplo arquipélago. Sua extensão territorial supera todas as outras ilhas reunidas.

Moreania é um mundo em si mesmo, isolado pela vastidão do oceano. Desde o início dos tempos sua história seguiu rumos diferentes daqueles traçados pelos outros continentes. Animais e monstros comuns em mundos fantásticos também existem aqui, mas em cores e formas próprias, às vezes bastante exóticas.

Nesta terra distante, os moreau inventaram línguas faladas e escritas. Aprenderam a conjurar magias, desenvolveram artes e ciências. Ergueram cidades magníficas, radiantes, que adornam a paisagem em vez de ferir. Cultivam a terra sem profaná-la, domesticam animais sem fazê-los sofrer. E transformaram Moreania em uma civilização fantástica, sempre demonstrando o devido respeito às criações dos deuses.

Religião. Os vinte deuses do Panteão artoniano não são conhecidos pelos moreau. Sua religião é baseada no Mito dos Irmãos Selvagens — a Dama Altiva e o Indomável, que os clérigos do Reinado consideram ser faces de Allihanna e Megalokk. Eles teriam sido os responsáveis pela transformação dos Doze Animais míticos na raça humana de Moreania.

Para eles, personagens como Khalmyr, Nimb, Valkaria e outros são apenas mitologia; não há relatos de qualquer moreau nativo que tenha escolhido devotar-se aos deuses estrangeiros. Ainda.

Idioma. Existe apenas uma língua falada em Moreania; um idioma comum, equivalente ao valkar, mas diferente daquele falado em Arton. Sendo o contato entre os povos ainda recente, poucos moreau falam a língua padrão do Reinado sem auxílio mágico — e mesmo estes têm forte sotaque.

No idioma moreau não existem os sons /lh/ (como em "abelha") e /nh/ (como em "ninho"). Eles pronunciam estes sons como /li/ e /ni/, respectivamente, sendo muito difícil para eles dominar a pronúncia verdadeira.

Nomes. São estranhamente parecidos com os nomes humanos de Arton, mas nunca usando os sons /lh/ ou /nh/. Em seu idioma nativo, muitos nomes remetem aos Doze Animais; é comum que traduzam seus nomes para a língua do Reinado quando estão lá.

Aventuras. Os moreau têm alma aventureira, assim como os humanos do Reinado — especialmente aqueles que fazem a travessia oceânica até lá. São raros os que adotam vidas pacatas como camponeses ou comerciantes; eles preferem formar grupos de heróis e desbravar os perigos da Terra Desconhecida.

Nenhuma classe é particularmente comum para os moreau, mas alguns de seus reinos nativos têm profundas tradições de druidas (onde atuam como clérigos e, em alguns casos, como regentes), monges, guerreiros e magos.

Traços Raciais

- +2 em uma habilidade à escolha do jogador. Moreau também podem receber +2 em uma habilidade (que pode ser a mesma) conforme seu talento Moreau escolhido (veja a seguir).

- 2 talentos adicionais à escolha do jogador. Um deles pode ser um talento Moreau (veja em "Talentos Moreau", na página ao lado).

- 1 perícia treinada extra, que não precisa ser escolhida entre suas perícias de classe.

Talentos Moreau

Membros da raça moreau podem adquirir certos talentos especiais, disponíveis apenas para eles. Esses talentos representam uma ligação maior com os Doze Animais míticos. Podem ser escolhidos apenas no 1º nível, e um mesmo personagem nunca pode escolher mais de um.

Estes talentos oferecem um bônus permanente de +2 em uma habilidade básica, ligada ao animal escolhido, além de alguns poderes menores e mudanças cosméticas.

Nem todos os moreau têm estes talentos — na verdade, apenas uma pequena parte deles os possui. Uma vez que os talentos Moreau elevam uma habilidade básica, estas pessoas especiais têm uma aptidão acima da média, sendo comum que sigam carreira como aventureiros. Mas não é raro encontrar tais talentos em pessoas comuns como plebeus, comerciantes, artesãos ou aristocratas.

Herança do Búfalo

O búfalo é seu ancestral. Você tem pele negra e pequenos chifres vestigiais.

Benefício: você recebe +2 em Força. Além disso, escolha duas habilidades entre as seguintes:

• +2 em jogadas de ataque para atropelar e empurrar.

• +4 em jogadas de ataque (em vez de +2) quando faz investidas.

• +4 em testes de Intimidação.

• Faro. Você percebe criaturas a até 9m e recebe +4 em testes de Sobrevivência para rastrear.

• Arma natural de chifres (1d6). Você tem chifres maiores e pode executar um ataque adicional por rodada com os chifres, mas sofre penalidade de –4 em todos os ataques (incluindo este).

Herança do Coelho

O coelho é seu ancestral. Você tem longas orelhas de coelho.

Benefício: você recebe +2 em Destreza. Além disso, escolha duas habilidades entre as seguintes:

• +4 em testes de Percepção.

• +4 em testes de Iniciativa.

• +4 em testes de Intuição.

• Deslocamento +3m.

• Visão na penumbra. Você ignora camuflagem (mas não camuflagem total) por escuridão.

Herança da Coruja

A coruja é sua ancestral. Você tem olhos grandes e redondos, e penas em vez de cabelos.

Benefício: você recebe +2 em Sabedoria. Além disso, escolha duas habilidades entre as seguintes:

• +2 em jogadas de ataque para agarrar.

• Margem de ameaça +2 contra alvos desprevenidos (este bônus não é dobrado por qualquer razão).

• +4 em testes de Furtividade.

• Visão no escuro. Você ignora camuflagem (incluindo camuflagem total) por escuridão.

• Arma natural de garras (1d4). Você pode executar um ataque adicional por rodada com as garras, mas sofre penalidade de –4 em todos os ataques (incluindo este).

Herança do Crocodilo

O crocodilo é seu ancestral. Você tem pele verde, com escamas nos ombros, peito e outras partes do corpo. Apenas mulheres têm cabelo.

Benefício: você recebe +2 em Constituição. Além disso, escolha duas habilidades entre as seguintes:

• Classe de armadura +1.

• +2 em jogadas de ataque para derrubar.

• +4 em testes de Furtividade.

• Deslocamento de natação 6m.

• Arma natural de mordida (1d6). Você pode executar um ataque adicional por rodada com a mordida, mas sofre penalidade de –4 em todos os ataques (incluindo este).

Herança do Gato

O gato selvagem é seu ancestral. Você tem dentes caninos salientes, orelhas e cauda de gato.

Benefício: você recebe +2 em Carisma. Além disso, escolha duas habilidades entre as seguintes:

• +2 em jogadas de ataque para agarrar.

• Margem de ameaça +2 contra alvos desprevenidos (este bônus não é dobrado por qualquer razão).

• +4 em testes de Acrobacia.

• +4 em testes de Atletismo.

• +4 em testes de Furtividade.

• Visão na penumbra. Você ignora camuflagem (mas não camuflagem total) por escuridão.

> ## Outras Classes
>
> Se você tem acesso a outros suplementos de Tormenta RPG, deve estar se perguntando sobre acrescentar suas opções a Reinos de Moreania. De fato, algumas se ajustam bem aos aventureiros da Ilha Nobre.
>
> • **Manual do Arcano.** Todos os magos especialistas; todas as linhagens sobrenaturais de feiticeiros, exceto diabólica e ordeira.
>
> • **Manual do Combate.** A classe básica cavaleiro e a variante guerreiro inovador.
>
> • **Manual do Devoto:** a classe básica abençoado (apenas Allihanna ou Megalokk); as classes variantes druida metamorfo, druida senhor das feras e paladino caçador de horrores.
>
> • **Manual do Malandro:** a classe básica nobre e todas as classes variantes.
>
> • **Mundos dos Deuses:** as linhagens sobrenaturais elemental e selvagem.
>
> Em geral, quaisquer classes não mencionadas aqui são consideradas estrangeiras, tão raras quanto os samurais (ou mais!).

te todos os lugares. Sempre avançando rumo à civilização, muitos moreau enxergam os guerreiros como a alta elite do combate, mestres das grandes técnicas e estilos, exímios com as armas mais elegantes e sofisticadas. Desnecessário dizer, combatentes rústicos como bárbaros e rangers os acham um bando de esnobes, totalmente inúteis quando perdem suas armas e armaduras brilhantes. Não faltam guerreiros dispostos a provar o contrário.

• **Ladino.** Entre os vários atributos humanos recebidos pelos moreau, muitos escolhem praticar a esperteza. Como no Reinado de Arton, aqui existem ladinos que roubam bolsas, e também ladinos que acompanham aventureiros para destrancar fechaduras, detectar e desarmar armadilhas, achar passagens secretas... enfim, coisas úteis em exploração de masmorras. Grandes guildas criminosas, no entanto, são quase inexistentes nos Reinos. Quando desejam ingressar no crime organizado, ladinos moreau preferem se arriscar na travessia oceânica e atuar em Arton.

• **Mago.** Embora a magia seja amplamente aceita como uma dádiva dos deuses, muitos moreau — especialmente os druidas — pregam que isso se aplica apenas à conjuração divina. Nem todos têm opiniões positivas sobre feiticeiros e magos. Mas, como muita coisa em Moreania, isso depende da nação onde você está; Brando, reino fundado por guerreiros e magos, é um país de rica e profunda tradição arcana, especialmente a magia orientada para combate. No reino de Laughton, tudo é tão estranho e colorido que ninguém realmente se incomoda com arcanos. Além disso, nesta terra vasta e selvagem, não faltam lugares isolados onde qualquer mago pode erguer sua torre e pesquisar seus rituais sem ser molestado.

• **Monge.** Os moreau vieram dos animais. Receberam mãos, mentes e vozes, mas também perderam suas armas naturais. Sabem forjar armas e armaduras, mas ficam indefesos sem elas. Meditando sobre o problema, antigos lutadores buscaram uma forma de recuperar essa pureza, recuperar a habilidade de lutar apenas com o próprio corpo. Assim, criando estilos que copiam os movimentos dos animais, os monges inventaram as artes marciais — tão ricas e variadas quanto os estilos da distante Tamu-ra.

Os monges moreau podem ser treinados em monastérios, como acontece no Reinado. No entanto, alguns aprendem suas técnicas sem professores ou mestres, apenas retomando contato espiritual com seu animal interior. Conta-se histórias de lutadores fabulosos cujos poderes apenas despertam em momentos de crise, sem nenhum treino anterior!

• **Paladino.** Em Moreania, paladinos são raros e diferentes. Enquanto um paladino do Reinado é proibido de cultuar entidades malignas, o campeão sagrado de Moreania é livre para escolher a Dama Altiva, o Indomável ou mesmo ambos. Estudiosos de Arton acreditam que isso ocorre devido à estranha relação local entre Allihanna e Megalokk, deuses rivais mas também mutuamente protetores — devotando-se ao maligno Deus dos Monstros, na verdade um paladino está assumindo a missão de proteger sua irmã e suas crias. Entre aqueles que possuem montarias sagradas, não é incomum encontrar paladinos que cavalgam grandes feras, monstros ou mesmo dragões.

Em termos de jogo, o paladino de Moreania é idêntico ao normal, mas sua habilidade de classe devoto é alterada. Você deve escolher servir à Dama Altiva, ao Indomável ou a ambos, e atuar como seu devoto. Independentemente dessa escolha, você ainda deve respeitar as restrições de tendência e código de conduta dos paladinos.

• **Ranger.** Os moreau descendem de animais, vivem próximos dos animais, mas (quase todos) ainda são predadores. Mesmo matando apenas o estritamente necessário, ainda matam para comer. Quanto à maneira de conseguir essa comida, existe muita divergência. Alguns, raramente ouvidos, afirmam que comer carne é um hábito bestial que seres civilizados deveriam abandonar. Outros criam animais em cativeiro, provendo-lhes vidas confortáveis e dignas até o abate. E para outros, caçar animais selvagens —

oferecendo-lhe a chance justa de lutar pela sobrevivência — é o único modo realmente honrado, o único aprovado pelos deuses. Desnecessário dizer, os rangers pertencem a este último grupo.

O ranger moreau não caça apenas por dinheiro, esporte ou mesmo para sobreviver; sua caça é um ato cerimonial, um rito em honra aos Irmãos Selvagens. Cada presa abatida, seja animal, monstro ou criminoso com cabeça a prêmio, é uma oferenda respeitosa aos deuses.

• **Samurai.** Esta classe não existe nos Reinos de Moreania. Os únicos samurais por aqui vieram de *muito* longe: de Nitamu-ra ou mesmo da recém reocupada ilha de Tamu-ra. Se algum moreau foi bem-sucedido em trilhar os caminhos da honra e empunhar as espadas ancestrais, ninguém ouviu falar. Ainda.

• **Swashbuckler.** Quando os navegantes moreau chegaram a Arton, correram boatos de que *todos* em Moreania eram pistoleiros ou espadachins fanfarrões! Claro, essa ideia equivocada surgiu porque as primeiras expedições moreau partiram de Laughton, o mais jovem e audacioso dos reinos. Ainda assim, vivendo em terras tropicais, é mesmo verdade que os moreau são mais "coloridos" que suas contrapartes artonianas, o que perpetua o mito. Quanto aos verdadeiros swashbucklers, eles são abundantes apenas no Novo Mundo, mas podem ser vistos em quase qualquer ponto da Ilha Nobre e além — afinal, eles vão aonde bem entendem!

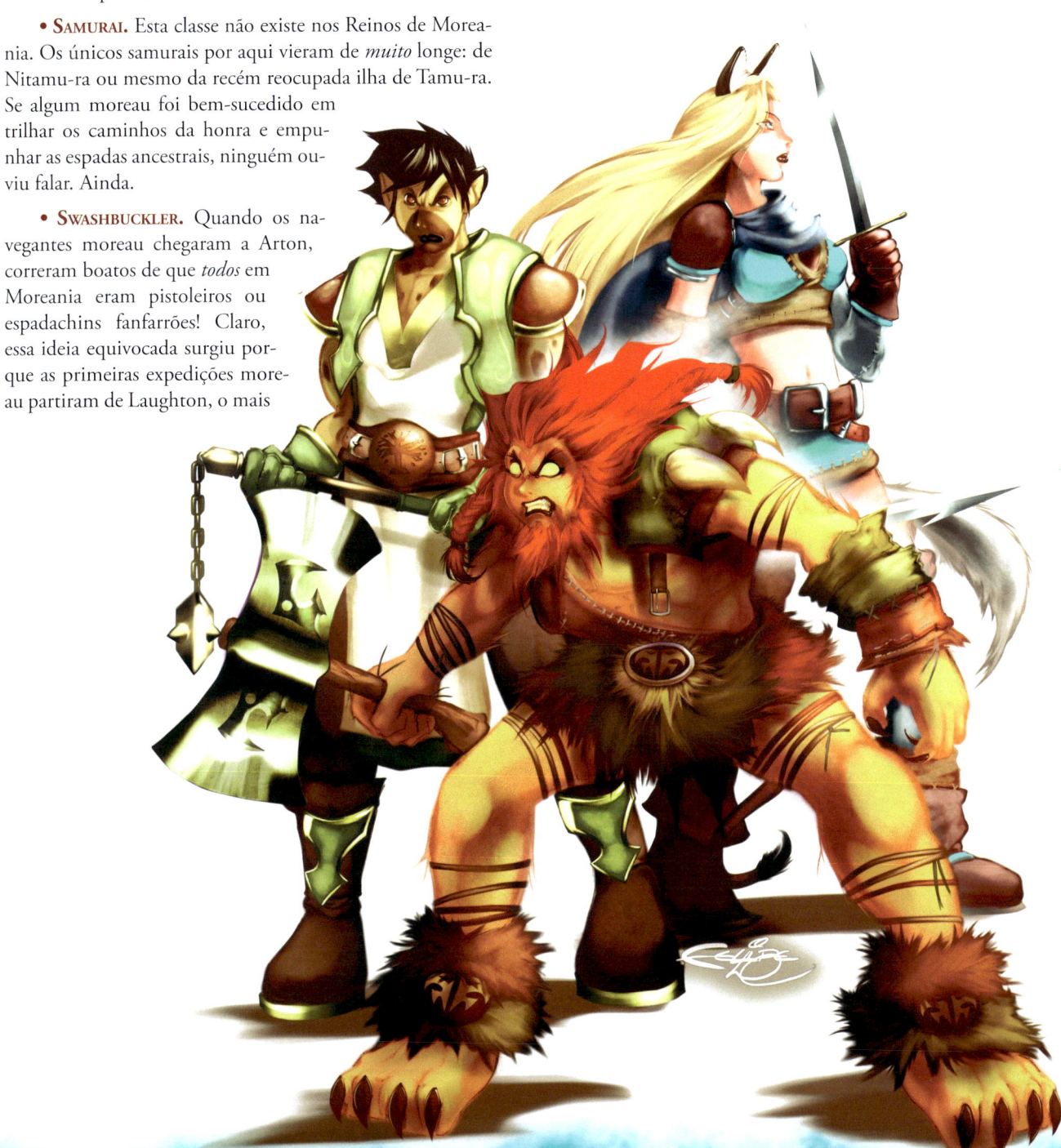

Capítulo 1: Os Herdeiros

Nova Classe: Artífice

No Reinado de Arton, objetos mágicos são consideravelmente raros. Aqueles que existem foram forjados no passado remoto, ou em mundos extraplanares. Fabricar itens encantados é ofício restrito a poucos. Mas o mesmo não acontece nos Reinos de Moreania.

Os moreau receberam dos deuses a mente que cria, a mão que fabrica e a voz que conjura. Ansiosos por colocar em prática esses dons, logo desenvolveram artes e ciências — alguns, com muito mais avidez. Aprenderam a invocar poderosa magia arcana e divina. Desvendaram artefatos deixados por povos antigos. Conheceram a sofisticada tecnologia darash. Após tudo isso, forjar seus próprios itens mágicos foi apenas o passo seguinte.

O artífice se considera o pináculo da civilização — e isso pode ser verdade. Unindo magia e tecnologia, ele domina e aprimora técnicas esquecidas há séculos, forjando engenhos fabulosos. Desde itens "comuns" como anéis e varinhas, até os mais impressionantes construtos, nada detém o artífice em seu avanço rumo a novos inventos. Nada, nem mesmo a prudência.

Aventuras. Os leigos imaginam que um artífice se mantenha sempre recluso em seu laboratório, perdido em meio a fórmulas e ferramentas. Alguns realmente adotam esse estilo de vida — mas esses são os mais limitados. Os melhores artífices acompanham (ou contratam) grupos de aventureiros, buscando segredos escondidos nas profundezas das masmorras. Outros estão sempre ansiosos para colocar suas invenções em prática; afinal, uma espada mágica só existe para ser usada!

Tendência. Muitos artífices têm objetivos nobres, rogando que suas realizações tragam paz, progresso e bem-estar à humanidade. Outros buscam apenas alimentar o próprio ego, obsessão ou glória, pouco se importando com as consequências de seus inventos. E outros são verdadeiros "cientistas loucos", construindo engenhos insanos com propósitos impossíveis de explicar.

Religião. Poucos artífices adoram deuses. De fato, muitos acreditam que os deuses já fizeram sua parte, agora cabendo aos mortais o trabalho duro de avançar rumo à evolução. No Reinado, alguns devotam-se a Tanna-Toh e Valkaria. Em Tamu-ra, oram a Lin-Wu que traga honra às suas criações. E em Moreania, os artífices acreditam que utilizar ao máximo seus dons divinos — mão, mente e magia — é a melhor forma de homenagear os Irmãos Selvagens.

Histórico. Em Arton existem pouquíssimos artífices, quase todos sediados no reino de Wynlla — a única nação do Reinado que produz itens mágicos com regularidade. No distante Império de Jade, estes renomados artesãos são membros da nobreza, responsáveis pela criação e manutenção dos incríveis construtos vivos mashin. Na verdade, os próprios mashin às vezes adotam esta classe, com a intenção de aprimorar seus corpos.

Nos Reinos de Moreania, artífices surgem por toda parte. Muitos são treinados pelos Maquinistas, uma guilda de artífices situada em Erbah, a Cidade Engrenagem. Outros são totalmente autodidatas, desenvolvendo fórmulas que fazem sentido apenas para eles mesmos. Muita gente considera os artífices um risco para a humanidade, especialmente por sua temível disposição em lidar com a ciência proibida darash.

Raças. Desnecessário dizer, o maior número de artífices no mundo conhecido pertence à raça moreau, sobretudo herdeiros da raposa e serpente. No Reinado de Arton, humanos são aqueles que mais frequentemente adotam esta classe. Anões têm sentimentos conflitantes quanto a combinar a nobre arte da forja e a suspeita magia arcana. Elfos seguem este caminho em uma tentativa de recriar os antigos tesouros mágicos de seu povo. Por sua curiosidade intensa (e irresponsável), halflings também seguem este caminho. Apesar de sua inabilidade com magia, alguns goblins conseguem ser artífices-engenhoqueiros.

Outras Classes. O artífice está sempre pronto a prover grupos de aventureiros com seus itens — seja por sincero desejo de ajudar, ou para testar seus inventos sem risco pessoal. Por sua vez, um aliado habilidoso em lidar com tesouros mágicos será companhia valiosa para quase qualquer equipe. Desapegados de bens materiais, monges talvez sejam os únicos indiferentes (ou mesmo intolerantes) quanto a colegas artífices.

Características de Classe

Pontos de Vida: um artífice começa com 12 pontos de vida (+ modificador de Constituição) e ganha 3 PV (+ mod. Con) por nível seguinte.

Perícias Treinadas: 6 + modificador de Inteligência.

Perícias de Classe: Conhecimento (Int), Diplomacia (Car), Identificar Magia (Int), Intuição (Sab), Obter Informação (Car), Ofício (Int), Percepção (Sab).

Talentos Adicionais: Criar Obra-Prima, Usar Armaduras (leves, médias), Usar Armas (simples), Usar Escudos, Vontade de Ferro.

Artífice

Nível	BBA	Habilidades de Classe	Magias
1º	+0	Chave sônica (+2), conhecimento de artífice, fabricar itens (1/4), infundir magias	0, 1º
2º	+1	Criar itens mágicos (2d6+1 dias), criar varinhas	
3º	+2	Árvore de natal, infundir poderes	
4º	+3	Companheiro autômato, chave sônica (+4)	2º
5º	+3	Criar itens maravilhosos (acessórios menores), fabricar itens (1/6)	
6º	+4	Criar itens mágicos (1d10+1 dias)	
7º	+5	Ativação metamágica, chave sônica (+6)	3º
8º	+6	Criar armas e armaduras mágicas	
9º	+6	Economia de recursos (1/3)	
10º	+7	Criar itens mágicos (1d8+1 dias), chave sônica (+8), fabricar itens (1/8)	4º
11º	+8	Criar itens maravilhosos (acessórios médios)	
12º	+9	Reciclagem de recursos	
13º	+9	Criar cajados, chave sônica (+10)	5º
14º	+10	Criar itens mágicos (1d6+1 dias)	
15º	+11	Transfusão de cargas	
16º	+12	Fabricar itens (1/10), chave sônica (+12), economia de recursos (1/4)	6º
17º	+12	Criar itens maravilhosos (acessórios maiores)	
18º	+13	Criar itens mágicos (1d4+1 dias)	
19º	+14	Controlar construtos, chave sônica (+14)	
20º	+15	Artesão lendário	

Mandíbula de Aço — COMBATE

A hiena tem uma das mordidas mais fortes do reino animal. Você não fica atrás.

Pré-requisitos: gnoll ou Herança da Hiena, bônus base de ataque +2.

Benefício: quando ataca com a mordida, você recebe +2 em rolagens de dano e +2 em testes de agarrar e separar.

Marrada Poderosa — COMBATE

Sua cabeçada é digna de respeito.

Pré-requisitos: arma natural (chifres), Ataque Poderoso, bônus base de ataque +1.

Benefício: quando você faz um ataque de investida com os chifres, aplica o dobro de seu modificador de Força ao dano.

Marrada Ligeira — COMBATE

Você pode arremeter contra seus alvos e, ao mesmo tempo, realizar outras ações.

Pré-requisitos: arma natural (chifres), Ataque Poderoso, bônus base de ataque +4.

Benefício: quando você faz um ataque de investida com os chifres, pode também fazer um segundo ataque com outra arma, à sua escolha. Ambos recebem o bônus normal de +2 por investida.

Mestre em Customização — MAGIA

Seu autômato é cheio de melhorias.

Pré-requisito: artífice 4º nível.

Benefício: você reduz em 20% todos os custos relacionados a seu companheiro autômato, incluindo modificações.

Pequeno Moreau — DESTINO

Por descender de um animal de pequeno porte, você é menor e mais ágil que outros moreau.

Pré-requisito: Herança da Coruja, Coelho, Gato, Morcego, Raposa ou Serpente.

Benefício: você tem tamanho Pequeno. Recebe CA+1, +1 nas jogadas de ataque e +4 em testes de Furtividade, mas precisa usar armas menores e recebe –4 em testes de manobra.

Especial: você pode escolher este talento apenas no 1º nível.

Pontaria com Varinha — MAGIA

Cuidado para onde aponta essa coisa!

Pré-requisito: artífice 1º nível ou capaz de lançar magias arcanas de 3º nível.

Benefício: você recebe +2 em ataques de toque à distância com varinhas.

PODERES CONCEDIDOS

Em adição aos Poderes Concedidos presentes em Tormenta RPG, devotos de Allihanna (a Dama Altiva) e Megalokk (o Indomável) podem também escolher os seguintes talentos. Além disso, devotos de alguns deuses menores podem encontrar seus talentos de poder concedido exclusivo a seguir.

Amigo dos Animais

Os animais entendem que você não oferece perigo.

Pré-requisito: devoto de Allihanna.

Benefício: você recebe a habilidade de classe empatia selvagem, como um druida de nível igual a seu nível de personagem. Caso já possua esta habilidade, recebe +4 em seus testes.

Companheiro Dracônico

Você foi premiado com um servo dracônico.

Pré-requisitos: 5º nível de personagem, devoto de Kallyadranoch, Megalokk ou Wynna, companheiro animal ou familiar.

Benefício: o companheiro animal ou familiar escolhido adquire o modelo meio-dragão (veja em "Criaturas").

Dom da Profecia

Você recebe visões de sua divindade.

Pré-requisito: devoto de Allihanna ou Thyatis.

Benefício: você pode lançar *augúrio* uma vez por dia, sem gastar PM. Além disso, uma vez por dia, você recebe +2 em uma jogada de ataque ou teste de habilidade, perícia ou resistência. Você pode usar este bônus depois da rolagem, mas antes que o mestre diga o resultado.

Domínio das Ondas

Você é mais habilidoso nas tábuas e cordames de uma embarcação.

Pré-requisito: devoto de Oceano ou Sorinda.

Benefício: você recebe +2 na classe de armadura e testes de Acrobacia, Atletismo, Furtividade, Percepção e Ofício (marinheiro) se estiver em uma embarcação.

Escamas do Dragão

Sua pele torna-se couro escamoso.

Pré-requisito: devoto de Allihanna, Kallyadranoch ou Megalokk.

Benefício: você recebe CA +2.

Faca nas Costas

Um ataque traiçoeiro vale por todos os outros.

Pré-requisito: devoto de Holleen., Hyninn ou Sszzaas.

Benefício: você recebe a habilidade de classe ataque furtivo (1d6). Caso já a possua, aumenta o dano da habilidade em +1d6.

Força da Fé

Você pode canalizar seu poder da fé em violência pura.

Pré-requisitos: bônus base de ataque +3, capacidade de preparar magias divinas, devoto de Kallyadranoch, Keenn, Megalokk, Ragnar ou Tauron.

Benefício: como uma ação livre, você pode converter uma magia divina preparada em uma súbita explosão de energia muscular, aumentando sua Força em +2 por nível da magia (por exemplo, Força +8 para uma magia de 4º nível) durante uma rodada.

Forma Selvagem Adicional

A fera em você se manifesta mais vezes.

Pré-requisitos: devoto de Allihanna, Megalokk ou Oceano, habilidade de classe forma selvagem.

Benefício: você pode utilizar a habilidade de classe forma selvagem duas vezes adicionais por dia.

Garras de Fera

Suas mãos podem se transformar em garras mortais.

Pré-requisitos: devoto de Allihanna, Megalokk ou Oceano.

Benefício: você recebe duas armas naturais de garras, que causam dano de corte equivalente a uma espada curta para seu tamanho. Você pode atacar com ambas ao mesmo tempo, mas sofre penalidade de –4 nas jogadas de ataque. Usar este talento é uma ação livre, seu efeito dura uma hora e ele pode ser usado uma vez por dia.

Herbanário

Você sabe convencer as plantas a crescerem como você quiser.

Pré-requisitos: devoto de Allihanna, capacidade de lançar magias divinas de 3º nível, Car 13.

Benefício: você aprende as magias *ampliar plantas* e *falar com plantas*. Além disso, você pode entrar em um transe especial se estiver em contato com uma planta e convencê-la a crescer da forma que você desejar (a duração é decidida pelo mestre; mínimo 1 semana).

Durante o transe, você não sofre os efeitos de fome ou sede e recupera a quantidade normal de PV por dia de descanso. Ao sair do transe, você fica exausto por um número de dias igual a 20 menos seu valor de Constituição (mínimo um dia), e essa condição não pode ser removida (exceto por medidas extremas como *desejo* ou *milagre*). Você também precisa se alimentar vorazmente (no mínimo o triplo do normal diário) para compensar o tempo que esteve em transe.

Invocação de Monstros

Você pode fazer surgir um monstro para ajudá-lo.

Pré-requisito: devoto de Megalokk.

Benefício: você pode lançar *invocar monstro III* uma vez por dia.

Memória Racial

Você pode acessar lembranças de seus ancestrais selvagens para superar desafios na luta pela sobrevivência.

Pré-requisito: devoto de Allihanna ou Megalokk.

Benefício: você recebe +4 em testes de Sobrevivência e CA+1 em ambientes naturais.

Presença Aterradora

Você pode abalar seus inimigos.

Pré-requisitos: Car 15, 5º nível de personagem, devoto de Kallyadranoch, Megalokk, Ragnar ou Tenebra.

Benefício: ativar este talento exige uma ação livre (que envolve algum ato dramático, como exibir as garras, abrir as asas ou rosnar), mas ele pode ser usado apenas uma vez por rodada.

Inimigos a até 9m devem fazer um teste de Vontade (CD 10 + ½ do seu nível + mod. Car). Em caso de falha, a vítima fica abalada por 1 minuto. Uma criatura bem-sucedida no teste fica imune a esta habilidade por um dia. Este poder não afeta criaturas de nível superior ao seu, e é um efeito de medo.

Presença Aterradora Aprimorada

Você pode apavorar seus inimigos.

Pré-requisitos: Presença Aterradora, 10º nível de personagem.

Benefício: ao usar o talento Presença Aterradora, as vítimas que falharem no teste de resistência ficam apavoradas ao invés de abaladas.

Saliva Venenosa

Seus lábios gotejam veneno. Literalmente.

Pré-requisito: devoto de Kallyadranoch, Megalokk ou Sszzaas.

Benefício: uma vez por dia, com uma ação padrão, você pode cuspir veneno em uma criatura adjacente. A vítima deve fazer um teste de Fortitude (CD 10 + ½ do seu nível + seu mod. de Con) ou sofre 1d4 pontos de dano de Con após 1 minuto. Esse dano aumenta em 1d4 para cada 8 níveis que você possuir (1d4 do 1º ao 7º, 2d4 do 8º ao 15º, 3d4 do 16º em diante). A critério do mestre, esse veneno também pode ser aplicado com um beijo...

Especial: se você possuir o talento Usar Venenos, pode usar a ação padrão para cuspir o veneno em uma arma de corte ou perfuração. O veneno permanece ativo na arma por 1 minuto.

Vencedor de Limites

Você pode realizar uma demonstração de habilidade sobrenatural.

Pré-requisito: devoto de Champarr.

Benefício: uma vez por dia, como uma ação livre, você pode somar seu nível de personagem a uma habilidade básica à sua escolha (por exemplo, Destreza +4 se você é um personagem de 4º nível). Este bônus dura um minuto.

Voz de Allihanna

Você pode dominar animais.

Pré-requisitos: Domínio dos Animais, devoto de Allihanna.

Benefício: você pode lançar *dominar animal* uma vez por dia, sem gastar PM (CD 10 + 1/2 do seu nível + mod. Car).

Voz de Megalokk

Você pode falar com monstros.

Pré-requisito: devoto de Megalokk.

Benefício: você conhece os idiomas de todos os monstros inteligentes (criaturas do tipo monstro com Int 3 ou mais). Você também pode se comunicar com monstros não inteligentes (Int 1 ou 2) livremente, como a magia *falar com animais*.

Especial: você não pode usar este talento para se comunicar com lefeu.

Equipamentos

Os moreau desenvolveram um sistema monetário similar àquele usado no Reinado, baseado em peças de cobre, prata, ouro e platina — esses metais existem em quantidades normais na Ilha Nobre. Sua moeda chama-se localmente "Tinnát" (mesmo nome do deus menor local associado ao comércio e prosperidade). Exceto por esse fato, conversões de valores Reinado/Moreania são diretas, funcionam normalmente.

De modo geral, quase todos os itens encontrados no capítulo "Equipamentos" em Tormenta RPG também existem em Moreania, em versões locais, pelo custo normal. Entre as poucas exceções estão as armas e outros itens raciais, como a espada táurica e o tai-tai; ou originários de outras terras, como a katana e wakizashi.

Armas de pólvora existem em Moreania — de fato, são mais populares aqui que no Reinado de Arton. Ainda que proibidas em Luncaster e desencorajadas em Brando, o "reino aventureiro" de Laughton oferece um número crescente de pistoleiros, bem como forjadores e artífices especializados em armas de fogo. Artonianos interessados em adquirir esse tipo de armamento muitas vezes fazem a travessia oceânica para negociar com os moreau.

Balista: basicamente uma espécie de besta gigante, a balista fica instalada em torres giratórias e dispara arpões enormes (em termos de jogo, uma balista que possa ser carregada por um personagem na verdade é uma besta pesada Grande). Disparar uma balista exige uma ação completa; recarregá-la exige duas ações completas (se você possuir o talento Rapidez de Recarga, apenas uma ação completa).

Bola de Gu-On: apreciadas em vários tipos de jogos, estas esferas de material elástico podem ser usadas como armas, através de técnicas desenvolvidas pelos monges de gu-on. Com o devido treino, pode-se chutar a bola com força e velocidade surpreendentes, fazendo com que atinja o alvo e retorne ao usuário na mesma rodada. Se o ataque erra, a bola ainda retorna na direção do usuário, mas exige uma ação de movimento para ser recuperada (se o personagem já gastou suas ações, não consegue recuperar a bola). Se rolar um 1 natural no ataque, a bola erra totalmente, caindo a 12m do alvo em uma direção aleatória.

Todo o dano causado pela bola de gu-on é considerado não letal. Se você consegue causar dano letal com seus ataques desarmados, também pode causar dano letal com a bola de gu-on. Um monge pode usar seu dano desarmado em vez do normal ao atacar com a bola. A bola de gu-on é considerada uma arma de monge.

Canhão: usados principalmente em naus piratas ou pertencentes à marinha de Laughton, canhões são pesados e lentos, mas oferecem grande poder de destruição. Assim como uma balista, um canhão só pode ser usado instalado em uma plataforma (em termos de jogo, um canhão que possa ser carregado por um personagem na verdade é um mosquetão Grande). Disparar um canhão é uma ação completa; recarregá-lo exige quatro ações completas, mas até duas pessoas podem recarregá-lo ao mesmo tempo (de modo que duas pessoas gastando suas ações completas podem recarregá-lo em duas rodadas). Se as duas pessoas tiverem o talento Rapidez de Recarga, a recarga demora apenas uma ação completa.

Navios & Combate Naval

A navegação oceânica era pouco praticada no Reinado de Arton, até a chegada dos navegantes moreau. Embarcações de todos os tipos são comuns em suas ilhas; eles fizeram a travessia do Grande Oceano e descobriram Arton. Hoje, piratas de ambos os continentes desafiam aventureiros — ou são aventureiros!

Novas Armas

Armas Exóticas	Preço	Dano	Crítico	Distância	Peso	Tipo
Corpo-a-Corpo – Leves						
Bola de gu-on	2 TO	1d6	x2	12m	1kg	E
Ataque à Distância						
Balista	500 TO	5d8	19-20	45m	150kg	P
Munição de balista (1)	20 TO	—	—	—	10kg	—
Canhão	2.000 TO	5d12	x3	60m	200kg	E
Munição de canhão (1)	50 TO	—	—	—	5kg	—

Embarcações

Canoa: construída a partir um único tronco de árvore, talvez seja a embarcação mais simples de todas. Use estas estatísticas também para botes.

Embarcação Grande; Tripulação mínima 1, total 4; Desl. 3m; CA 14 (–1 tamanho, +5 natural); PV 70; RD 5; armamento: nenhum; Custo 50 TO.

Jangada: barco típico de pescadores, com uma vela e remos.

Embarcação Grande; Tripulação mínima 1, total 4; Desl. 4,5m; CA 14 (–1 tamanho, +5 natural); PV 70; RD 5; armamento: nenhum; Custo 1.050 TO.

Barcaça: este pequeno navio tem um único mastro, de vela quadrangular, e alguns remos para suplementar a força da vela. Pode navegar em rios e mar aberto.

Embarcação Enorme; Tripulação mínima 1, total 10; Desl. 6m; CA 13 (–2 tamanho, +5 natural); PV 120; RD 5; armamento: nenhum; Custo 3.000 TO.

Veleiro: com três mastros de velas quadrangulares, é o típico navio de viagem, muito popular entre mercadores.

Embarcação Descomunal; Tripulação mínima 5, total 30; Desl. 9m; CA 11 (–4 tamanho, +5 natural); PV 220; RD 5; armamento: nenhum; Custo 10.000 TO.

Galé: esta embarcação comprida e estreita tem um mastro, mas é impelida basicamente por remos. Típico navio de guerra, usado tanto pela marinha quanto por piratas.

Embarcação Descomunal; Tripulação mínima 5, total 40; Desl. 9m; CA 11 (–4 tamanho, +5 natural); PV 260; RD 5; armamento: 4 balistas; Custo 16.000 TO.

Caravela: seus três mastros usam grandes velas triangulares, que são melhores para regiões onde os ventos são desconhecidos. Por essa razão a caravela é favorita para desbravar mares inexplorados.

Embarcação Descomunal; Tripulação mínima 5, total 30; Desl. 9m; CA 12 (–4 tamanho, +6 natural); PV 220; RD 6; armamento: nenhum; Custo 16.000 TO. O piloto não sofre penalidades em testes de Ofício (marinheiro) por condições ruins.

Trirreme: com um mastro e três linhas de remos em cada lado, é muito usado na marinha do Império de Tauron em Arton. Os remadores normalmente são escravos, acorrentados aos remos.

Embarcação Descomunal: Tripulação mínima 5, total 40; Desl. 10,5m; CA 11 (–4 tamanho, +5 natural); PV 260; RD 5; armamento: aríete; Custo 16.000 TO.

Drácar: o drácar se parece com uma galé (comprido e estreito, com um mastro e remos), mas apresenta uma cabeça de dragão ou outro monstro na proa, e um alongamento na popa imitando a cauda da criatura. É usado por salteadores, e tem essa aparência para assustar suas vítimas.

Embarcação Descomunal: Tripulação mínima 5, total 40; Desl. 9m; CA 11 (–4 tamanho, +5 natural); PV 260; RD 5; armamento: nenhum; Custo 15.000 TO. Todos os inimigos que puderem ver o drácar sofrem uma penalidade de –1 na CA e nos testes de resistência. Este é um efeito de medo.

Junco: navio rápido e estável, graças às suas velas divididas horizontalmente por ripas de pau. Muito usado pela marinha e mercadores de Tamu-ra; ainda hoje, alguns escombros de juncos podem ser vistos perto da ilha...

Embarcação Descomunal; Tripulação mínima 5, total 30; Desl. 9m; CA 11 (–2 tamanho, +5 natural); PV 220; armamento: nenhum; Custo 11.500 TO. O piloto recebe um bônus de +2 em testes de Ofício (marinheiro).

Nau: embarcação grande, com três mastros e castelo de proa e de popa.

Embarcação Colossal; Tripulação mínima 15, total 100; Desl. 12m; CA 7 (–8 tamanho, +5 natural); PV 400; RD 5; armamento: nenhum; Custo 30.000 TO.

Quinquirreme: versão maior do trirreme. Também tem três linhas de remos, mas os remos de cima são maiores, e impulsionados por três escravos cada. Além disso, o quinquirreme tem uma torre para canhões no centro do convés.

Embarcação Colossal; Tripulação mínima 15, total 130; Desl. 15m; CA 7 (–8 tamanho, +5 natural); PV 480; RD 5; armamento: 4 canhões, aríete; Custo 50.000 TO.

Galeão: uma evolução da nau, possui seis conveses e quatro mastros. Não há embarcação maior ou mais durona nos oceanos de Arton!

Embarcação Colossal; Tripulação mínima 15, total 150; Desl. 13,5m; CA 8 (–8 tamanho, +6 natural); PV 560; RD 6; armamento: 8 canhões; 10 botes salva-vidas; Custo 72.500 TO.

Seu Próprio Navio

Para construir sua própria embarcação, primeiro escolha o tamanho e pague seu preço básico (veja na tabela). Escolha então entre as seguintes modificações:

Cordames de boa qualidade: o piloto recebe um bônus de +2 em seus testes de Ofício (marinheiro). *Custo:* 1.500 TO.

Leme confiável: o piloto não sofre a penalidade de –4 em seus testes de Ofício (marinheiro) por condições ruins. *Custo:* 1.000 TO.

Casco bem desenhado: aumentar o deslocamento em +1,5m ou +3m. *Custo:* 1.000 TO ou 3.000 TO.

Robustez: aumenta os pontos de vida em +10. Você pode aumentar os PV de uma embarcação até o dobro da

Embarcações

Tamanho	Tripulação Mínima	Tripulação Total	Desl.	CA*	PV	Armas	Preço
Grande	1	4	3m	14	70	—	50 TO
Enorme	1	10	6m	13	120	2 espaços	3.000 TO
Descomunal	5	30	9m	11	220	8 espaços	10.000 TO
Colossal	15	100	12m	7	400	16 espaços	30.000 TO

quantidade inicial (logo, uma embarcação Colossal pode ter até 800 PV). Para cada 10 PV adicionais, aumente a tripulação total em três. Para cada 20 PV adicionais, aumente um espaço disponível para armas (uma embarcação Descomunal com 300 PV, por exemplo, tem 12 espaços para armas). *Custo:* 1.000 TO por cada 10 PV.

Material alternativo: o casco de sua embarcação pode ser feito de madeira reforçada, o que muda sua RD para 6. Os segredos de outros materiais não são conhecidos em Arton ou em Moreania. *Custo:* multiplique o preço básico, definido pelo tamanho, por 1,5.

Aríete ou esporão na proa: um navio com um aríete ou um esporão sofre apenas metade do dano quando faz um ataque de carga. *Custo:* 1.000 TO.

Acrostólio: adorno esculpido em forma de cabeça ou corpo de uma criatura fantástica, colocado na proa da embarcação para aumentar o moral da tripulação (ou baixar o dos inimigos). Existem muitos acrostólios — cabeça de dragão, corpo de sereia, anjo, etc. — mas todos se encaixam em um de três tipos: *assustador*, *motivador* ou *protetor*.

Um acrostólio assustador impõe uma penalidade de –1 na CA e nos testes de resistência de todos os inimigos que possam ver a embarcação. Este é um efeito de medo.

Um acrostólio motivador fornece um bônus de +1 nas jogadas de ataque e dano da tripulação (apenas enquanto os tripulantes estiverem no próprio navio ou abordando uma embarcação inimiga).

Por fim, um acrostólio protetor funciona como um motivador, mas o bônus fornecido para a tripulação é de +1 na CA e nos testes de resistência.

Cada navio só pode ter um acrostólio. *Custo:* 5.000 TO.

Botes salva-vidas: botes acoplados à embarcação principal, capazes de carregar até 4 pessoas cada. Só podem ser acrescentados a embarcações Enormes ou maiores. *Custo:* 50 TO cada.

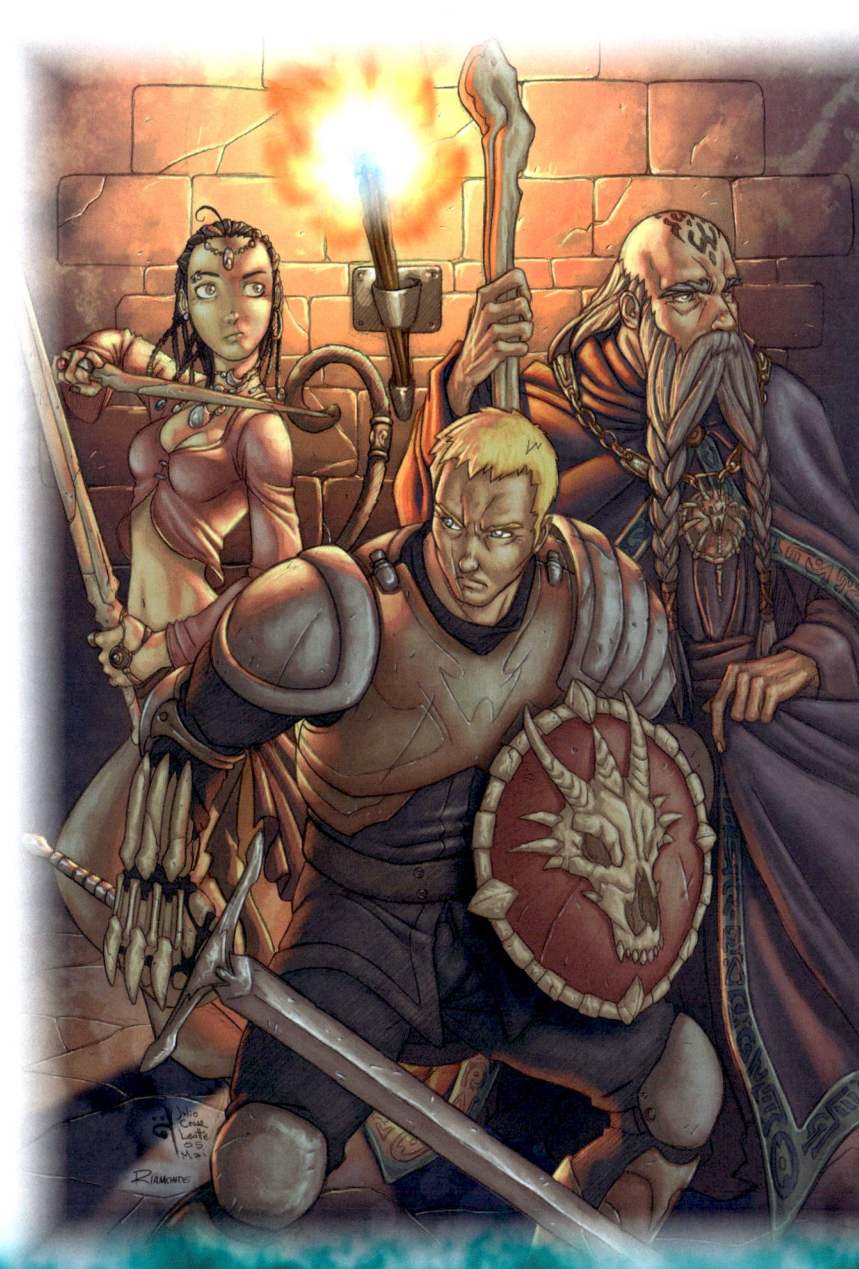

Champarr
Deus dos Jogos

Patrono dos torneios, conflitos e jogos, Champarr é a divindade favorita dos atletas, duelistas, jogadores e guerreiros moreau. É o juiz de todas as disputas, desde duelos de espadas a guerras entre reinos, jogos de cartas a corridas de cavalos. Ele abençoa os vencedores e perdoa (ou amaldiçoa) os perdedores.

Os adoradores de Champarr conseguem traçar sua origem até os mais distantes domínios extraplanares. Há milhares de anos ele teria participado de um torneio cósmico promovido por um poderoso Deus da Guerra. Vitória após vitória, ele chegou à grande final e duelou contra o deus guerreiro em pessoa, mas foi derrotado. No entanto, por sua tenacidade, teria recebido a imortalidade e o título de Deus dos Jogos.

Champarr tem a aparência de um poderoso gladiador, usando um elmo fechado que mantém suas emoções indecifráveis. Está sempre armado com duas espadas curtas idênticas: uma delas concede a bênção da vitória, e a outra, a maldição da derrota.

Champarr é especialmente querido no reino de Brando, onde flâmulas em sua homenagem são hasteadas antes de cada grande torneio, e seus clérigos atuam como juízes. Pessoas diante de provações muitas vezes rogam seu nome, para assegurar a vitória.

Motivações: o Deus dos Jogos promove o avanço da humanidade através da disputa, premiando os vencedores e punindo perdedores. A natureza da disputa não é importante: da rivalidade camarada à guerra sangrenta, todo conflito é bem-vindo. Champarr também acredita na vitória sobre si mesmo, superando os próprios limites, e assim derrotando o mais difícil adversário.

Relações: o Indomável é aliado de Champarr, pois ambos prezam o conflito e a supremacia do mais forte. Mas a Dama também entende que, mesmo entre os seres da natureza, o forte deve se alimentar do fraco.

Tendência: Leal e Neutro.

Adoradores Típicos: guerreiros, monges, swashbucklers e herdeiros do búfalo, crocodilo, leão, lobo, raposa e urso.

Símbolo Sagrado: um troféu.

Arma Preferida: espada curta.

Poder Concedido: Vencedor de Limites.

Gojan
Deus dos Bardos e Viajantes

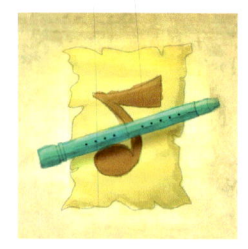

Aventureiros dificilmente conseguem se manter no mesmo lugar. Viajar faz parte da busca por emoções, tesouros e aventuras. Por outro lado, nada disso vale a pena se tais feitos não são contados e registrados na história de Moreania. Patrono de viajantes e bardos, Gojan é o deus que personifica estes princípios.

Baixinho, gordo e bonachão, Gojan vaga incessantemente pelas ilhas, explorando novos lugares e auxiliando grupos de aventureiros. Diz-se que ele é capaz de tocar todos os tipos de instrumento musical, além de carregar dezenas de mapas de todas as localidades conhecidas nos Reinos e além.

De acordo com uma antiga lenda, um feito heroico presenciado por Gojan jamais é esquecido pelo povo de Moreania. Justamente por isso, sua presença em um grupo de heróis é tida como sinal de vitória iminente (embora nem sempre isso seja verdade).

Motivações: Gojan é um viajante, explorador e artista nato, e admira outros como ele, tendo um carinho especial por bardos. Seus devotos costumam se reunir em festas onde histórias são contadas e canções são tocadas em sua homenagem. Viajantes perdidos também oram por sua ajuda, recebendo algum tipo de sinal indicando a direção correta a seguir (uma andorinha voando baixo, o brilho de uma fogueira ao longe...). Bardos em busca de inspiração também apelam ao deus.

Relações: o Indomável acha Gojan fraco e inofensivo, mas o tolera, porque mesmo um deus precisa de histórias para ser lembrado. A Dama Altiva admira o deus viajante, pois seus esforços permitem que os habitantes de Moreania conheçam cada vez mais as maravilhas naturais que ela criou.

Tendência: Caótico e Bondoso.

Símbolo Sagrado: uma flauta sobre um pergaminho.

Adoradores Típicos: bardos, ladinos, rangers, swashbucklers e herdeiros do búfalo, coelho, coruja, gato, morcego e raposa.

Arma Preferida: arco curto.

Poder Concedido: Domínio do Conhecimento.

Capítulo 1: Os Herdeiros

Holleen
Príncipe da Mentira

Contam as lendas que Holleen vagou por Moreania há muitas eras. Alto e esguio, de cabelos curtos e espetados e vestindo peças justas de couro negro, Holleen circulava pelas ilhas corrompendo aventureiros e treinando discípulos. Seus olhos eram díspares (um púrpura, outro dourado) e dotados de poderes mágicos.

De acordo com as canções dos bardos, a dominação de Holleen terminou graças às ações do bárbaro aventureiro Colliasheenn. O herói enfrentou o deus e, após uma longa e árdua batalha sob uma tempestade torrencial, arrancou seus olhos — e fugiu em um barco para nunca mais voltar. Cego, e sem metade de seu poder, Holleen também desapareceu.

Mesmo assim, o Deus Cego (como passou a ser conhecido) jamais deixou de ser admirado e idolatrado por habitantes malignos dos Reinos. Assassinos costumam gravar o símbolo de Holleen em suas armas para garantir proteção. Alguns cultos promovem sacrifícios cerimoniais, acreditando que Holleen recuperará seu poder quando certo número de vítimas morrer em seu nome.

Outros, entretanto, acham que o Deus Cego só retornará quando recuperar seus olhos. Justamente por isso, alguns de seus devotos estão empenhados em buscas para encontrar estes raros tesouros...

Motivações: Holleen dedicou sua vida à disseminação da mentira e morte. Hoje, cego e com poderes limitados, ele continua vagando por Moreania (na maioria das vezes escondendo sua identidade), ajudando secretamente seus devotos. Seu maior objetivo, entretanto, é descobrir pistas do paradeiro de Colliasheenn ou seus descendentes, e recuperar seus olhos.

Relações: por motivos óbvios, a Dama Altiva despreza Holleen e, dizem, pode ter sido a verdadeira responsável por sua queda. Já o Indomável, enquanto não o considera digno de ser um aliado, aprecia sua insaciável sede de sangue.

Tendência: Neutro e Maligno.

Símbolo Sagrado: uma adaga de lâmina negra.

Adoradores Típicos: ladinos e herdeiros do gato, hiena, morcego e serpente.

Arma Preferida: adaga.

Poder Concedido: Faca nas Costas.

Lamashtu
Rainha dos Massacres

Uma das divindades mais temidas nos Reinos, Lamashtu é também conhecida como a Rainha Lacharel, Deusa da Matança, Senhora do Genocídio e outros títulos. Venerada por cultos secretos, é descrita como uma belíssima mulher-serpente com seis braços, cada um empunhando uma arma mortífera.

Lamashtu é uma divindade de morte, mal e destruição, a mãe e líder de todos os demônios do Inferno. Criaturas de coração negro fazem cerimônias e oferendas profanas à deusa-serpente, buscando atrair suas graças a qualquer preço — os cultistas de Lamashtu estão entre os vilões mais odiados em Moreania.

A Rainha Lacharel se deleita com sacrifícios humanos, mas também pode ser seduzida por belas joias, sua única fraqueza conhecida. Entre aventureiros, como forma de bravata exagerada, é comum dizer que "posso até mesmo roubar o tesouro de Lamashtu".

Viajantes planares experientes afirmam que Lamashtu é uma marilith, um tipo poderoso de demônio. Ela comanda legiões demoníacas nos domínios de Werra, um mundo de guerra e matança. Avançando diante das tropas, sua fúria em batalha não pode ser igualada, exceto pelo próprio Indomável.

Motivações: Lamashtu é apaixonada por guerra e morte, recompensando aqueles que matam em seu nome — seja em batalha, seja através de um sacrifício cerimonial. Em troca de tais oferendas, ela conjura demônios para servir seus adoradores.

Relações: após uma batalha selvagem em que o Indomável é sempre vitorioso, o Deus dos Monstros acasala com Lamashtu, despejando sua prole nociva sobre os Reinos na forma de monstros e demônios diversos. A Dama Altiva e seus devotos têm repulsa absoluta pela Rainha dos Massacres.

Tendência: Caótica e Maligna.

Adoradores Típicos: bárbaros, guerreiros, ladinos e herdeiros do crocodilo, hiena, leão, lobo, morcego e serpente.

Símbolo Sagrado: uma joia contendo um rubi, ou outra gema cor de sangue.

Arma Preferida: machado de batalha.

Poder Concedido: Domínio da Guerra.

Sorinda
Deusa dos Piratas

O mar cercando as ilhas que compõem os Reinos de Moreania sempre foi lar de piratas gananciosos, sempre em busca das riquezas transportadas pelos comerciantes. Sorinda foi a maior destes piratas.

Com seus navios Destemido, Audaz e Invencível, a bela pirata de longos cabelos ruivos cacheados trouxe terror e morte às ilhas, saqueando vilarejos e atacando embarcações. Durante trinta anos a temível capitã carregou sozinha o título de "Rainha dos Mares".

Mas todo reinado um dia encontra seu fim. Graças a um cerco realizado por várias armadas de diferentes ilhas, Sorinda foi derrotada e morta. Seus barcos foram queimados e afundados, a tripulação foi enforcada em praça pública — mas Sorinda se tornou mártir, uma lenda entre os piratas. Sua imagem passou a ser cultuada. Enfim, o amor e saudade de seus companheiros terminou por trazê-la de volta, como uma divindade.

Sorinda e seus navios voltaram a navegar pelos mares de Moreania, agora em formas etéreas, fantasmagóricas — protegendo navios piratas em apuros e atacando as guardas navais das ilhas. Para garantir sua proteção, os capitães costumam amarrar junto à bandeira do navio uma bandana vermelha, o símbolo de Sorinda quando viva.

Até hoje, o covil e o tesouro de Serinda jamais foram encontrados. Talvez seja pela simples dificuldade de localizar seu esconderijo... mas também existe a questão de desagradar à deusa (que com certeza não ficaria nada feliz ao ver seus pertences surrupiados).

Motivações: para Sorinda, o mar pertence aos piratas e deve ser mantido assim. Cada navio inimigo destruído representa, para ela, um ato de vingança contra os responsáveis por sua morte e de seus comandados.

Relações: a Dama despreza a Deusa dos Piratas, por tingir de sangue as águas de Moreania. O Indomável simpatiza com o caráter mortal das ações de Sorinda e, fascinado por sua beleza, espera um dia tê-la como uma de suas consortes.

Tendência: Neutra e Maligna.

Símbolo Sagrado: uma bandana vermelha.

Adoradores Típicos: ladinos, swashbucklers e herdeiros do crocodilo, hiena, leão e serpente.

Arma Preferida: florete.

Poder Concedido: Domínio das Ondas.

Tamagrah
A Ilha Viva

Em Moreania há criaturas enormes — mas poucas se comparam a Tamagrah. O monstro se assemelha a um peixe achatado, com boca de bagre e olhos esbugalhados. Possui seis nadadeiras e uma cauda curta, porém vigorosa. Suas costas são protegidas por uma grossa carapaça, guarnecida por longos espinhos.

Apesar da aparência demoníaca, Tamagrah é ainda mais assustador por seu tamanho: seu casco atinge 12km de diâmetro, mantendo uma superfície de 8km emersa. Uma vez que a criatura flutua lentamente pelos mares, sem jamais submergir, vegetação floresceu em sua carapaça e vida animal passou a habitar Tamagrah como se fosse uma ilha.

Nem todos conhecem a verdadeira natureza de Tamagrah: a maioria das pessoas acredita ser apenas uma ilhota peculiar. Mas aqueles que conhecem seu segredo cultuam o monstro como um deus... E são correspondidos.

Tamagrah concede poderes a seus devotos — mas, exceto por esse fato, pouco interfere em assuntos dos mortais. Sua existência é milenar, suas preocupações são mistérios profundos como os mares: o monstro tanto ajuda aos que pedem seu auxílio em orações, como causa maremotos e catástrofes com um simples movimento de nadadeira.

Motivações: talvez Tamagrah seja a criatura mais antiga de Moreania. Mas suas motivações são um mistério, e seus atos incompreensíveis, tal como a calmaria ou fúria do mar.

Relações: por seu caráter puramente neutro e quase de alienação perante o mundo, Tamagrah não incomoda nenhum outro deus ou entidade poderosa. Seus seguidores, no entanto, dividem-se em três vertentes: uns são inclinados para a proteção e ajuda que o monstro proporciona, aliando esse culto à crença na Dama Altiva; outros, como os monges quellons, seguem o exemplo de sua inabalável neutralidade; e alguns, prezando seu lado destrutivo de força bruta e tamanho descomunal, mesclam seu credo com os dogmas do Indomável.

Tendência: Neutro.

Símbolo Sagrado: casco de tartaruga com nadadeiras de peixe.

Adoradores Típicos: druidas, monges, magos e herdeiros do búfalo, coelho, coruja e urso.

Arma Preferida: alabarda.

Poder Concedido: Domínio da Proteção ou Domínio da Destruição.

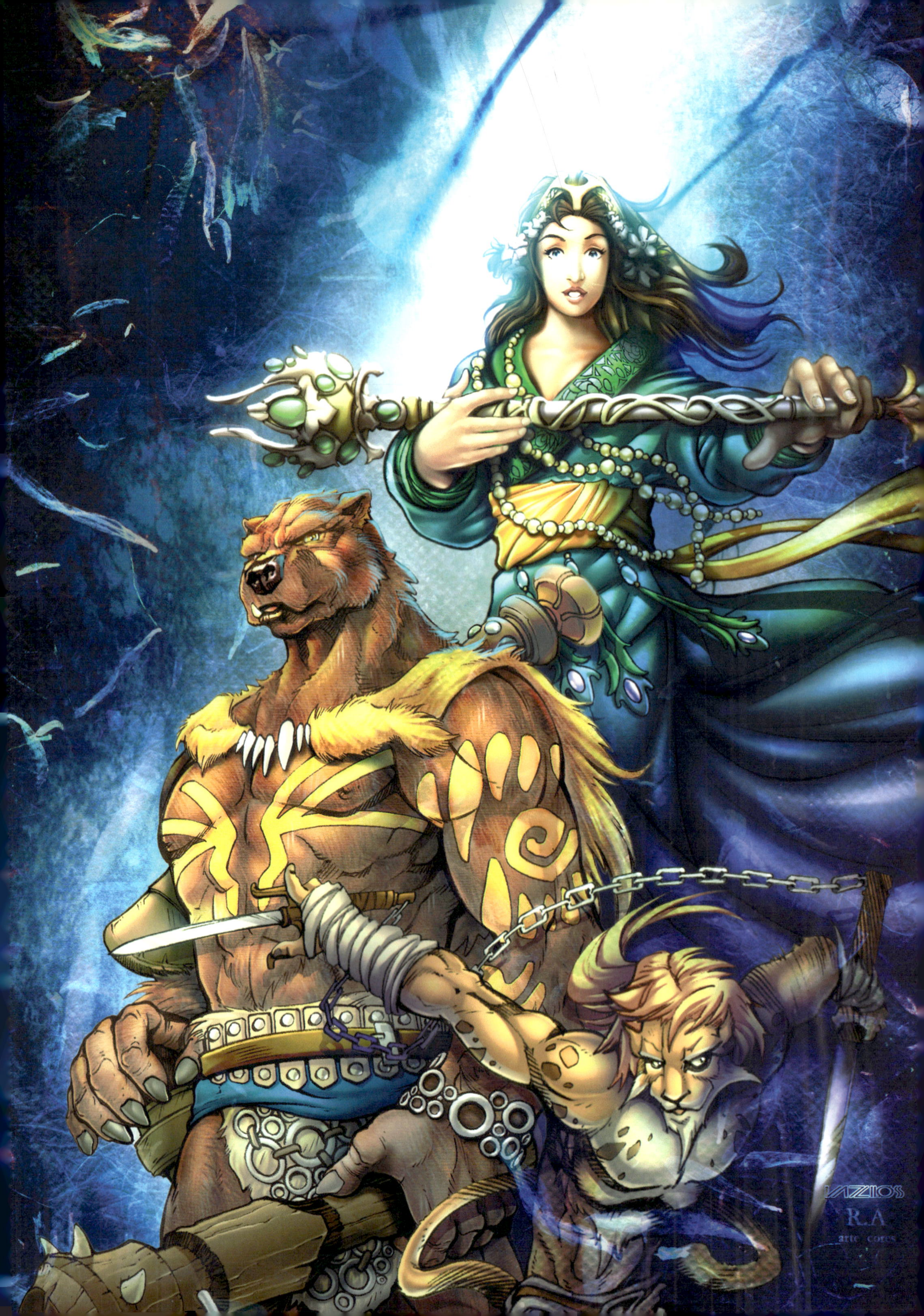
VAZZIOS
R.A
arte cores

Capítulo 2: Ilhas de Aventura

Este capítulo descreve a geografia dos Reinos de Moreania. Traz informações completas sobre as três nações civilizadas — Luncaster, Brando e Laughton —, e também sobre as Montanhas de Marfim, o Reino das Torres e as ilhas menores do arquipélago.

Luncaster
O Velho Mundo

Quando os moreau pediram para ser humanos, fizeram os deuses infelizes. A bondosa Mãe Natureza e seu maligno irmão Destruidor choraram pela inocência perdida de suas crianças. Este teria sido o pecado original dos moreau, e muitos deles agora servem aos deuses como uma forma de retribuição.

Cada religião nos Reinos de Moreania enxerga formas diferentes de atingir essa mesma meta. Alguns agradecem pela graça obtida, homenageando a generosidade dos Irmãos Selvagens. Outros vivem em penitência, expiando o pecado de seus ancestrais. Mas quase todos concordam, a melhor forma de comunhão com os deuses é abraçando sua natureza animal — levando vidas simples, respeitando a natureza, e rejeitando avanços técnicos.

Em nenhum outro reino este modo de vida é tão valorizado quanto em Luncaster, o berço da civilização moreau. Terra de druidas, bárbaros, rangers e monges.

História

Dentre os três grandes reinos que formam Moreania, Luncaster é o maior e mais antigo. Também conhecido como Velho Mundo, é considerado o berço da civilização, ponto de origem dos habitantes de todo o arquipélago. Foi aqui que a humanidade nasceu.

Todos sabem, tudo começou com a chegada do maligno povo humano darash, há pelo menos dois mil anos. Durante os séculos seguintes suas torres de rocha e metal cresceram, tomaram toda a região leste da Ilha Nobre, dizimando florestas e atraindo a ira do Indomável. O dragão Morte Branca emergiu de seu ninho vulcânico nas Montanhas de Marfim e exterminou os darash em seis dias. E os Doze Animais, com medo, desejaram a livre-escolha. Desejaram poder optar pelo Bem ou o Mal. Isso teria acontecido há cerca de mil anos.

Durante os séculos seguintes, os moreau viveram como bárbaros nômades. Ainda sem conhecer a agricultura, tiravam seu sustento das árvores e caça, colhendo e matando somente o necessário. Viajavam em bandos, sem estabelecer comunidades. Quando os recursos de uma região escasseavam, eles migravam para outra, enquanto o lugar anterior se renovava. Assim vivam em paz com a natureza.

Mas não viviam em paz entre si. Surgiram doze grandes tribos. Seus integrantes, embora humanos, tinham traços dos animais que um dia foram. Eram búfalos, leões, coelhos, morcegos, ursos, crocodilos, raposas, serpentes, corujas, hienas, gatos e lobos. Agora humanos, eles temiam o que era diferente, temiam o desconhecido.

Sempre vagando em busca de novas terras, as tribos muitas vezes lutavam por territórios. Conflitos tribais eram travados entre bárbaros e rangers, enquanto druidas e monges buscavam a reclusão, afastando-se da violência.

Dividida, a humanidade era presa fácil para os monstros humanoides que infestavam a Ilha Nobre. Orcs, ogros, goblinoides... sua origem até hoje permanece incerta. Alguns sábios dizem que estes monstros são os últimos remanescentes do povo darash, que regrediram para um estágio primitivo por obra da Dama Altiva. Outros afirmam que os humanoides são muito mais antigos — eles teriam sido uma civilização avançada, responsável pela construção de cidades e templos. Essa teoria explicaria a existência de tantas ruínas desconhecidas, não moreau, no território de Luncaster.

Os moreau estavam em perigo, não sabiam aproveitar a dádiva do livre-arbítrio. Embora humanos, ainda eram guiados por instintos animais — agiam pela força, reagiam com medo. Seus líderes eram escolhidos entre os guerreiros mais fortes e brutais.

Nesse cenário, homens e mulheres sábios conhecidos como druidas decidiram agir.

O Conselho Druida teria sido a mais antiga congregação moreau. Seus membros pertenciam a todas as tribos, mas reuniam-se secretamente para louvar os Irmãos Selvagens em cerimônias ocultas nas profundezas das florestas. Durante seus cultos, aprenderam a praticar todas as formas de magia divina hoje conhecidas.

Os druidas também inventaram a agricultura e a pecuária. Plantando sua própria comida, criando seu próprio gado, os moreau não precisariam mais viajar o tempo todo. Poderiam estabelecer-se em suas próprias terras, sem esgotar seus recursos naturais. Construir muralhas e fortificações como proteção contra os monstros. Enfim, poderiam viver em paz.

Como poder mágico, conhecimentos e sabedoria, os druidas conquistaram o respeito de suas respectivas tribos, assumindo o papel de líderes.

O Conselho trabalhou devagar, ao longo de gerações, para unificar as tribos. Guerras cediam lugar a jogos e torneios. Casamentos eram arranjados entre noivos de diferentes tribos. Após séculos de esforços, enfim seria fundada Wellshan, a Cidade Primeva.

Sob a orientação dos druidas, o povo moreau prosperou. Numerosas outras cidades seriam fundadas — cidades muito diferentes das odiosas torres darash. No reino de Luncaster, homem e natureza andam de mãos dadas. Seus templos abraçam as florestas, em vez de esmagá-las. Árvores enlaçam muralhas e estátuas. Animais selvagens circulam livremente pelas ruas e habitações. O bárbaro e o civilizado são indistinguíveis.

Clima e Terreno

Como ocorre na maior parte da Ilha Nobre, Luncaster tem clima tropical, quente e úmido. Quase não há variação de temperatura ao longo do ano — as tradicionais quatro estações eram desconhecidas em Moreania até seus primeiros contatos com o Reinado de Arton, cujos visitantes trouxeram essa "ideia interessante".

O ano moreau na verdade é marcado por períodos de chuvas fortes ou estiagem. Boa parte de Luncaster está sujeita a enchentes, que formam vastos pantanais durante longos meses.

Grande parte do terreno é formada por planícies entrecortadas por colinas baixas e adensamentos de florestas. Estas últimas são ricas em espécies, como é normal em matas oceânicas.

As regiões litorâneas, ao norte, são formadas por praias paradisíacas de areia fina e água quente, intercaladas por rochedos íngremes.

Fronteiras

Luncaster é limitado ao norte pelo próprio Oceano, e a leste pelas Montanhas de Marfim. Mas suas fronteiras com os demais reinos não são balizadas com exatidão.

Embora o rio Ipeck–Akuanya sirva como demarcação clara entre Luncaster e Brando, os Reinos de Moreania não têm bordas bem definidas. Os dois reinos mais novos, Brando e Laughton, foram constituídos por gente que não se enquadrava no modo de vida tradicional.

Conforme a lei decretada pelo Conselho Druida, qualquer comunidade a até 21 dias de cavalgada da capital Wellshan (cerca de 1000km) está subordinada ao reino de Luncaster. Devido a essa falta de exatidão, um grande número de aldeias e vilarejos fica em territórios indefinidos — seus próprios habitantes não sabem dizer em qual reino estão. Em termos práticos, isso não faz muita diferença: a verdadeira "nacionalidade" de uma comunidade tem mais ligação com sua cultura e costumes, e menos com o lugar onde fica.

As autoridades de Luncaster são severas quanto a estrangeiros maculando suas terras, desrespeitando suas tradições. No entanto, o território do reino é vasto demais para permitir uma patrulha rigorosa das fronteiras.

População

Embora seja o reino de maior extensão territorial, Luncaster não tem uma população proporcional superior a Brando ou Laughton. Todas as comunidades espalhadas por suas terras somam cerca de 800.000 habitantes, e metade dessa gente reside na capital e suas vizinhanças.

Assim, Luncaster tem uma única metrópole (Wellshan), três grandes cidades (com mais de 25 mil habitantes cada) e uma dúzia de cidades pequenas (mais de 12 mil habitantes). Todas as demais comunidades do reino são vilas, aldeias, povoados ou lugarejos, afastados dezenas de quilômetros entre si. Existem também algumas tribos errantes, que ainda vivem de forma nômade como seus ancestrais, rejeitando a autoridade do Conselho Druida.

O povo de Luncaster é simples. Gente esforçada, com grande amor pela natureza e sem apego a bens materiais. Vestem trajes sóbrios e confortáveis, de cores neutras, preferindo o branco, verde e castanho. Camponeses tipicamente trazem o torso nu, e usam chapéus de palha como proteção contra o sol. As mulheres locais não gostam muito de joalheria, preferindo colares e coroas de flores. Diz um ditado local: "Quem julga pelas vestes não enxerga o valor, pois fica ofuscado pelas joias".

Os habitantes de Luncaster preservam muito dos costumes bárbaros de seus ancestrais, levando vidas conservadoras. Suas casas são bucólicas, sua arquitetura é modesta e sincera, quase nunca ostentando riqueza. Mesmo os palácios mais ricos são despojados, valorizando espaços abertos e jardins. Sua arte é agradável, harmoniosa: estrangeiros dizem que seu artesanato lembra muito o povo élfico.

Peças decorativas, quando existem, quase sempre exaltam a adoração local aos deuses: as maiores estruturas arquitetônicas no reino são seus templos e estátuas, dedicados à Dama Altiva, ao Indomável ou ambos. Também existem inúmeros templos para os Doze Animais, unidos ou separados.

A incidência de humanos com traços animais é ligeiramente maior neste reino. Forasteiros e membros de raças exóticas (como minotauros, elfos e qareen, chamados aqui de semi-humanos) são vistos com desconfiança.

O Velho Mundo é onde as pessoas têm contato mais íntimo com os animais — eles são aceitos com naturalidade no ambiente familiar, até mesmo nas habitações da nobreza. Os Doze Animais são considerados sagrados; molestar ou matar qualquer deles é crime punido com severidade (mas raramente com a morte).

vezes confundidos com bárbaros, tomados por ignorantes ou selvagens. Mas sua infâmia é exagerada: estes guerreiros santos são intimidadores, com certeza, mas têm o coração dourado dos paladinos. Eles gargalham dos "fidalgos reluzentes" de Brando, acusando-os de fracos e esnobes.

Embora estejam sediados em Bullton, os Paladinos-Búfalos podem ser encontrados em todo o reino, patrulhando fronteiras, respondendo a pedidos de ajuda, ou mesmo integrando grupos de aventureiros.

A ordem é relutante em admitir membros que não tenham traços de búfalo: quase todos os testes de admissão são baseados em força física (que os herdeiros do búfalo possuem acima da média). Uma vez aceitos, os novos paladinos são treinados em montaria e combate sobre os búfalos-de-guerra criados em Bullton.

Os Monges de Gu-On

Sediados em um monastério próximo de Luncaster, estes monges praticam a coleta da seiva de uma árvore especial. Seca e tratada de forma correta, essa seiva produz um curioso material elástico.

Com esse material os monges fabricam bolas duras que saltam quando jogadas no chão. Conhecidas em todo o reino, as "bolas de gu-on" são apreciadas como brinquedos ou para disputar diversos tipos de jogos.

Poucos sabem que, secretamente, os monges utilizam essas bolas como armas. Com chutes e arremessos poderosos, eles conseguem atingir seus adversários em pontos vitais e atordoá-los sem matar. Os maiores mestres nesta arte marcial conseguem derrubar portas e paredes com a bola.

Em geral não há disputas de poder entre os membros do Conselho: os próprios druidas abdicam de suas posições e escolhem um sucessor entre seus servos, quando estão cansados ou não se sentem mais aptos para comandar. Todo druida entende que, na natureza, tudo tem seu alvorecer e seu anoitecer.

A atual Druida Venerável e regente de Luncaster é Sophia Raziel, que assumiu o posto ainda jovem. Em muitos anos, Sophia é a primeira druida humana (não herdeira) a ocupar este cargo.

Os Paladinos de Bullton

Esses guerreiros sagrados formam a milícia protetora do Velho Mundo e outros reinos. São paladinos que cavalgam búfalos, em vez de cavalos.

Apenas os melhores alunos da academia militar de Bullton podem se tornar membros da ordem. Por suas atitudes violentas e rudes, os Paladinos de Bullton são muitas

Encontros

Luncaster é um país vasto. Suas comunidades são isoladas, separadas por muitos quilômetros de terras selvagens. A maior parte do território do reino ainda permanece inexplorada, repleta de florestas escuras e cavernas misteriosas.

Em vários pontos do reino, sobretudo na região oeste, existem ruínas desconhecidas. Algumas parecem vestígios de grandes cidades, enquanto outras, muito menores, não mostram nenhuma função aparente. Todas têm algo em comum: são repletas de entalhes e inscrições em baixo relevo, formando algum tipo de escrita antiga. São os mesmos sinais existentes na misteriosa Cidade Suspensa de Prendik, no reino de Laughton. Ninguém faz ideia de quem teria construído tais estruturas. Mas é verdade que muitas delas, hoje, servem de covil para goblinoides e outros monstros.

A leste, muitos tipos de monstros oriundos das Montanhas de Marfim invadem o reino. Ao sul existe grande concentração de animais selvagens e perigosos, exigindo cuidado e conhecimento das matas e estradas. Mais para leste os encontros corriqueiros ocorrem com tribos primitivas, desconfiadas e territoriais. E ao norte, animais brejeiros e até mortos-vivos podem ser problemas.

Encontros mais raros envolvem fadas, elementais e aberrações. Relatos sobre a aparição de monstros são logo investigados pelos Paladinos de Bullton, ou aventureiros enviados pelo Conselho Druida.

Aventureiros

Com seus modos despojados e harmoniosos, os monges prosperam no Velho Mundo. Alguns vivem enclausurados em monastérios, mas a maioria prefere estar em contato com outras pessoas, partilhando sua sabedoria e técnica com todos aqueles dispostos a ouvir. As artes marciais são amplamente ensinadas, vistas como uma forma de contato com a natureza, com a pureza primordial dos animais. Estilos de luta milenares, esquecidos por habitantes de outros reinos, são preservados e praticados aqui por muitos adeptos. Existe pelo menos um estilo para cada um dos Doze Animais míticos.

Luncaster também oferece muitos vilarejos bárbaros, que vivem em harmonia com os povos das cidades — aqui não existe grande diferença entre o "primitivo" e o "civilizado". Bárbaros podem ser encontrados vivendo em cidades, e algumas tribos são grandes e ricas como metrópoles.

Por tudo isso, em Luncaster há um grande número de bárbaros, clérigos, druidas, rangers e monges. Bardos são muito queridos como contadores de fábulas. Os paladinos mais conhecidos pertencem à Ordem de Bullton.

Conjuradores arcanos existem, mas são incomuns; o reino não oferece instituições para ensino, exceto por alguns mestres isolados que aceitam aprendizes. Honesto e despojado, Luncaster também não atrai muitos ladinos — exceto como exploradores de masmorras e ladrões de tumbas, que invadem as ruínas locais e negociam suas relíquias em outros reinos.

Brando
País dos Campeões

O País dos Campeões nasceu de uma separação, e também de uma união. Uma tradição foi quebrada, para o nascimento de outra mais forte. A mágica arcana, tão estranha e perigosa aos olhos conservadores, caminha de mãos dadas com a força do aço.

Em tempos remotos, a Tribo da Raposa e a Tribo do Lobo uniram-se pelo amor de seus líderes. O Clã da Matilha, nova alcunha do grupo, afastou-se dos demais povos e seguiu seu próprio caminho. Aquele casal pioneiro teve um filho chamado Brando, que também deu nome a um novo país. Um país onde machado e magia trotam juntos com lobos e raposas.

Esta terra de guerreiros e magos é independente e confiante, sua força militar de longe a mais poderosa dos reinos. A proximidade das ameaçadoras Montanhas de Marfim mantém todos atentos. Armada com o aço e o arcano, vigilante contra qualquer perigo, Brando é a nação mais orgulhosa no continente.

História

Os moreau vieram de doze animais míticos, que logo se organizaram em tribos para seguir a nova vida como humanos. Isso remonta há mais de 1.000 anos, quando somente existia o reino de Luncaster, com suas tradições e conservadorismos característicos.

As leis antigas regiam uma disputa de força entre as doze tribos, uma espécie de batalha ritualística. Um torneio que elegia o casal mais forte em cada tribo, os Noivos Campeões. Após vencer, os dois se casariam e governariam até o torneio seguinte. A cada ano o comando mudava de tribo, mas um dia tudo mudaria.

Há cerca de 600 anos o Clã da Raposa saiu vitorioso. Os noivos eram o guerreiro Faernal e a maga Sathia — conjuradores de magia eram incomuns no festival, mas não proibidos. Poucas vezes a arma e magia lutaram de forma tão gloriosa, ele brandindo o machado e ela conjurando feras. Seu casamento seria uma das maiores festas do mundo antigo... quando, durante a cerimônia, um pequeno descuido de Faernal revelou suas orelhas de lobo. Apaixonado por Sathia, o guerreiro viveu em segredo no Clã da Raposa durante anos, para que juntos fossem os Noivos Campeões.

Os clãs do casal foram banidos para sempre do torneio. Ressentidos, lobos e raposas uniram-se para formar o Clã da Matilha e abandonaram suas antigas terras. Migraram para o sul e, após uma longa jornada, estabeleceram seu território na outra margem do rio Ipeck-Akuanya. Ali fundaram Brando, nome do primeiro filho de Faernal e Sathia.

Hoje em dia, com o lento desaparecimento dos clãs e a unificação humana, o antigo rancor foi deixado de lado (embora não esquecido). Para muitos, os Noivos Campeões são apenas uma lenda, que explicaria o grande número de herdeiros da raposa e herdeiros do lobo nas cidades de Brando. Mas há quem relembre o passado para assegurar sua nobreza — como a orgulhosa e poderosa família Wolfgang, que hoje governa o reino. Outras famílias também alegam descender dos Noivos Campeões originais, mas os Wolfgang garantiram o comando.

A lenda ainda é influente em todas as cidades do reino, evocando um sentimento de austeridade. O povo de Brando se considera o mais forte de Moreania, o mais guerreiro, mestres no uso das armas e magias em combate. Sua tradição militar é antiga e rigorosa. Sua arquitetura e costumes evidenciam a união entre espada e magia, lobo e raposa, dois amantes — estes são temas recorrentes em suas estátuas, construções e festas típicas. Não há povo moreau mais corajoso, orgulhoso, agressivo e romântico.

Clima e Terreno

Brando segue o mesmo padrão climático básico do resto de Moreania, mas apresenta uma conformação geográfica particular que provoca algumas alterações. Cercado de colinas entrecortadas, e próximo das imensas Montanhas de Marfim, o reino na verdade lembra um vale imenso.

Esse terreno, aliado ao vento forte vindo dos mares do sul — e a ausência de correntes marítimas quentes em sua região litorânea —, reduz a temperatura e provoca muita chuva. Comparado a Luncaster, tem uma temperatura média 5ºC mais baixa (com quedas ainda mais bruscas e, em dias quentes, refrescantes). Seu índice pluviométrico anual fica entre 1600 e 2000mm, quase o dobro do Velho Mundo (que já é elevado). Isso leva a tempestades tropicais violentas, chuvas fortes e ventos laterais velozes. Tufões e até ressacas elevadas ameaçam as cidades mais ao sul.

A presença quase integral do rio Ipeck-Akuanya e alguns afluentes (sendo o rio Fend um dos principais), as chuvas, a predominância de planícies e a forma de bacia natural contribuem para enchentes volumosas. Na época das cheias, vilarejos inteiros ficam submersos e seus habitantes migram para áreas mais altas. Viajantes inexperientes que visitam o mesmo local podem não reconhecê-lo, devido à constante mudança no desenho dos lagos entre estiagens e cheias.

Fronteiras

As fronteiras de Brando se resumem a Luncaster ao oeste e norte, as Montanhas de Marfim a leste e o Oceano a sul. Os limites do reino são marcados por uma antiga lei de Luncaster (21 dias de cavalgada da primeira cidade de Moreania, Wellshan) e algumas barreiras naturais — o rio Ipeck-Akuanya a oeste e cadeias de montanhas a leste e norte.

Restando ainda algum ressentimento entre Brando e o Velho Mundo, não há muitos povoados próximos da fronteira, evitando contatos frequentes que possam causar desavenças. A grande exceção é a cidade de Vallaria, grande foco de conhecimento, estudo e magia. Esta metrópole procura, acima de tudo, disseminar a magia arcana e apagar seu estigma de "arte proibida", através de diplomacia com Luncaster.

Brando é o reino mais próximo das Montanhas de Marfim, notoriamente habitadas por monstros. Mais uma razão para que seus habitantes se mantenham sempre prontos para a luta, protegendo os reinos contra qualquer invasão.

População

Embora menos populoso que Luncaster, com meio milhão de habitantes, Brando tem um maior número de grandes comunidades.

Suas quatro cidades principais podem ser todas consideradas metrópoles: Kil'mer, a capital (80 mil habitantes); Skulldia, ao sul (50 mil); Ax'aria, a leste (40 mil) e Vallaria, a oeste (35 mil). Seus demais moradores vivem em cidades, assentadas em locais mais altos como colinas ou montanhas — sendo que comunidades menores como vilas, aldeias, povoados ou lugarejos são incomuns.

O povo de Brando é orgulhoso, confiante e algo arrogante. Consideram-se mais sofisticados que os vizinhos do Velho Mundo, e também mais fortes e sábios que os "loucos" de Laughton. Desde pequenos são ensinados sobre o valor da independência, liberdade, esforço e perseverança. A harmonia entre força física e inteligência aguçada é a meta de todos os membros da Matilha.

Armas, armaduras, equipamentos e itens mágicos são mais acessíveis, melhores e abundantes. Brando respeita e protege a natureza como todo povo moreau, mas aqui não há lugar para simplicidade e humildade — todos sonham com grandes castelos e flâmulas, todos querem viver grandes festas, bailes e torneios. Enquanto Luncaster é um lugar de cores neutras, de gente pacata, Brando é vibrante como uma marcha militar.

As vestes locais são glamorosas, em cores vivas, lembrando uniformes ou trajes de gala — mesmo os plebeus tentam seguir essa estética. Torneios e jogos de todos os tipos também

Capítulo 2: Ilhas de Aventura

são parte do cotidiano, todos estão sempre prontos para algum tipo de disputa, aposta ou duelo. Para tanto, o reino dispõe de muitas arenas, ginásios e parques para sediar contendas.

Regente

Brando na verdade tem dois regentes: o Rei Isgard Wolfgang [herdeiro do lobo, Mago 13, LB] e a Rainha Sadine Wolfgang [herdeira da raposa, Guerreira 14, LB]. Ambos alegam descender dos Noivos Campeões originais, demonstrando publicamente suas semelhanças com Faernal e Sathia — exceto pelo fato de ser ele um lobo mago, e ela uma raposa guerreira.

Claro, outras famílias nobres sempre fizeram a mesma alegação. Para não deixar dúvidas, um grande torneio foi realizado entre casais da nobreza, sendo que a família Wolfgang vem conquistando a vitória nas últimas décadas.

O casal demonstra pulso firme, justiça e determinação, além de grande superioridade. Nos dias de hoje não há quem desafie Isgard e Sadine. O único filho do casal (com o conveniente nome de Brando II) é um jovem e destemido membro da Cavalaria Batedora, prestigiada ordem de magos-guerreiros que cavalgam hipossauros.

Comenta-se à boca-miúda sobre um possível romance entre Brando II e Elenah — uma regente do vizinho reino de Laughton, e também descendente da lendária maga Khariat. Esse boato afeta o prestígio dos Wolfgang, uma vez que os habitantes do Novo Mundo são tidos como inconsequentes e insanos. A história estaria se repetindo...?

Cidades de Destaque

Kil'mer (Capital)

A maior e mais importante cidade de Brando é também conhecida como Cidade Arena, por sediar o maior palco de batalhas de toda Moreania — além de ginásios, academias, estádios e praças de esportes. Tudo aqui é grandioso, as torres são imponentes, as flâmulas são coloridas, os parques extensos e magníficos. Essa imponência demonstra a força e habilidade da nação.

Em sua arquitetura grandiosa, chama atenção a Vitória da Matilha, uma gigantesca estátua que representa Faernal e Sathia (embora apenas conceitualmente). O casal aparece aqui com traços animais marcantes, o homem lupino em vestes guerreiras, a mulher raposa em trajes arcanos. Sob os colossos está o palácio real e sede do governo.

Cerca de 80km ao sul da capital erguem-se os Montes Noivos, que por sua grande altitude podem ser vistos da cidade facilmente. Ao norte, uma densa floresta esconde a base de montanhas mais distantes, e a oeste e leste percebe-se o grande vale de Brando (com as fronteiras de Luncaster e das Montanhas de Marfim). Nesta posição privilegiada, Kil'mer é o ponto estratégico mais importante do reino.

Para facilitar a vigília existe a Torre de Argos, uma estrutura cilíndrica com mirantes apontando várias direções. Um efeito mágico garante que sentinelas na torre consigam enxergar a grandes distâncias. A torre também serve de quartel-general para a principal academia militar de Kil'mer, treinando membros da Cavalaria Batedora e os patrulheiros místicos conhecidos como "A Visão".

A Guarda Gladiadora constitui a milícia da cidade. Seu comandante, subordinado ao Casal Real, conquista o cargo após vencer um grande circuito de torneios de lutas (em Moreania, não existem gladiadores escravos). Colocações mais baixas no circuito garantem cargos mais baixos na Guarda.

Skulldia

A parte sul de Brando sofre as piores cheias, ressacas e tempestades tropicais. No entanto, também abriga as únicas praias do reino. Aqui, os habitantes da cidade de Skulldia superam provações climáticas por amor ao mar.

Seu fundador Carvac Harpon, mais que qualquer pessoa, merecia a alcunha de "lobo-do-mar" — seja por seus traços lupinos, seja por sua experiência como capitão e navegador. Há mais de três séculos ele trouxe sua tripulação para o extremo sul, 700 km distante de Kil'mer. Juntamente com seus marujos, foi responsável pela realização de um grandioso trabalho: a Cidade Galeão.

Harpon sonhava com um navio imenso, do tamanho de uma cidade, que poderia viajar por toda a costa da Ilha Nobre. Muitos riram de sua loucura, mas seu mestre construtor de barcos aceitou o desafio. O grande projeto consumiu muitos anos, e toda a fortuna acumulada pelo capitão Harpon em uma vida de aventuras. Conforme crescia o imenso esqueleto de madeira e metal, famílias vinham morar à sua volta, estabelecendo uma comunidade em balsas e barcos.

Skulldia, a Cidade Galeão, foi um dia concluída — mas nunca flutuou. Era simplesmente pesada demais! Encalhada ali como um grande naufrágio, existe até hoje como monumento ao sonho desfeito de Carvac Harpon, que desapareceu sem deixar pistas.

Embora não seja capaz de navegar, Skulldia de fato tornou-se um navio imenso como uma metrópole, habitado por mais de 50 mil pessoas — que vivem no casco principal ou em uma rede de balsas à volta. Esta vasta cidade pesqueira abastece Brando com frutos do mar e outros produtos, além de servir como ponto de partida para aventureiros que exploram os perigosos Mares do Sul.

Vallaria

Fica no extremo oeste de Brando, a quase 600 km da capital. Esta posição a coloca em contato próximo com os povos de Luncaster — um contato perigoso, levando em conta a atividade principal em Vallaria: magia arcana.

Vallaria é uma metrópole marcada pelo estudo e ensino das artes arcanas, povoada principalmente por magos, feiticeiros, bardos e artífices especialistas em itens mágicos. Aqui estão alguns dos maiores laboratórios, bibliotecas, observatórios, astrolábios, academias de magia e ateliês alquímicos nos reinos. Mas, apesar de sua reputação como centro de ciências e conhecimento, a Cidade Arcana é famosa por produzir magos prodigiosos — aqui, dizem, há poder mágico suficiente para explodir a Ilha Nobre (ou boa parte dela).

Claro, a própria existência da cidade provoca tensão com a regência de Luncaster, reino onde a magia arcana é tida como perigosa e profana. Mas Vallaria consegue manter a paz graças aos Lexicais, estudiosos e diplomatas que usam a magia das palavras. Ainda que precariamente, a Cidade Arcana vem mantendo relações cordiais com o Velho Mundo.

Mágica de combate não é a única prática em Vallaria. Em Brando, este é também um centro de literatura, música, dança, pintura, escultura e teatro, com célebres conservatórios e casas de espetáculo. Todos os anos, a cidade realiza sua Festa dos Céus, projetando nos céus um espetáculo de imagens, cenas e histórias que podem ser vistas a dezenas de quilômetros. É uma visão impressionante, inesquecível (especialmente para o povo supersticioso do reino vizinho...).

Ax'aria

Brando considera-se protetor dos reinos contra atacantes das Montanhas de Marfim. Assim sendo, a metrópole de Ax'aria é a primeira linha de defesa.

A cidade nasceu a partir de um posto avançado estabelecido nos limites do reino, cerca de 400km a leste da capital, em terras bem próximas aos perigos das montanhas. Atacada incessantemente por goblins, orcs e gigantes, a torre caiu diversas vezes — e diversas vezes foi reconstruída, cada vez maior e mais forte. Mesmo nos dias de hoje, a imensa fortaleza de Ax'aria recebe constantes ataques de hordas humanoides, mas suas muralhas e guerreiros resistem.

Foi fundada por Rorx Darbaran, antigo chefe da guarda de Kil'mer, que havia caído em desgraça após falhar em proteger um membro da Família Real. Guerreiro imbatível no uso do machado, ele veio a este forte em busca de redenção, desejando prestar um grande serviço a seu reino. Ele e seus homens — todos especialistas em armas de lâmina larga — varreram os monstros e conquistaram o espaço necessário para transformar a fortaleza em cidade. Darbaran recebeu o perdão real e terminou seus dias como um guerreiro honrado, no comando da cidade.

Devido a esse fato, Ax'aria ficou conhecida como um lugar de redenção para heróis caídos. A vida é dura nesta metrópole-fortaleza sob constantes ataques de monstros, batalhas de vida ou morte são travadas a intervalos de poucos dias. Viver aqui durante algum tempo, protegendo Brando, permite expiar a vergonha por atos passados.

Aqvarivm

Esta pequena comunidade foi construída sobre os restos de um antigo castelo, pertencente a um rico grupo de heróis, hoje desaparecido. Os atuais moradores ergueram seus casebres no pátio principal, aproveitando a proteção parcial das muralhas em ruínas.

Afastado de cidades maiores e rotas comerciais, Aqvarivm é autossuficiente, vivendo de sua própria pesca e agricultura. Como em outras regiões de Brando, o rio próximo ganha corpo durante as cheias e inunda boa parte das terras próximas: por essa razão as casas são altas, erguidas sobre palafitas.

Exemplo de feudalismo comum em muitas outras comunidades de Brando, Aqvarivm vinha sendo governada por Lorde Betta, um conjurador poderoso e — apesar da perigosa proximidade com as Montanhas de Marfim — bem-sucedido em manter quaisquer monstros afastados. Em retribuição, Betta exigia lealdade e devoção completas de seus vassalos (aqui, o culto a outros deuses era terminantemente proibido).

Os habitantes locais sempre foram proibidos de portar armas; fazê-lo era considerado uma ofensa a Betta, que enfrentava pessoalmente quaisquer invasores, criminosos e monstros.

Correm rumores de que Betta teria sido derrotado por um herdeiro do lobo, de origem desconhecida. Caso isso seja verdade, a ausência de seu protetor pode causar um vácuo de poder na região, atraindo monstros e outras ameaças.

Geografia
Montes Noivos

Os Montes Noivos são dois picos isolados no centro de Brando, e também os pontos mais elevados na região. São protegidos por cadeias de colinas a sul, mas abrem-se ao norte mirando a capital Kil'mer, distante algumas dezenas de quilômetros.

Têm esse nome porque são conhecidos como a morada final de Faernal e Sathia. No topo de cada monte há santuário com um mausoléu para cada fundador, transformando as montanhas em um túmulo grandioso. Galerias escavadas nas montanhas abrigam os tesouros dos Noivos Campeões, e uma ordem de guerreiros foi designada para proteger o casal.

Mas a lenda conta que as almas de Faernal e Sathia não estão satisfeitas — afinal, seus túmulos estão separados! Angustiados, eles retornaram como fantasmas e assassinaram seus guardas. Hoje, uma legião de mortos-vivos assombra as galerias nas montanhas, enquanto os noivos ainda tentam se reunir...

Rio Fend

Este braço do grande Ipeck-Akuanya tem água barrenta, porém potável. Sua velocidade e sinuosidade fazem a lama revirar tanto. O trajeto irregular passa por Kil'mer, segue até Ax'aria e Skulldia e finalmente desemboca no oceano.

Para viajantes, o Fend é uma boa opção de transporte. Conta com variados portos e serviços de canoagem. Mas seu percurso passa perigosamente perto das Montanhas de Marfim, e apenas o sentido norte-sul é navegável: a correnteza forte impede que uma embarcação "suba" o rio. Essa condição só muda quando, em tempos de alagamento, o volume de água aumenta e suas corredeiras acalmam.

Campo das Estátuas de Hera

Este descampado fica bem a leste do reino, um pouco a sul de Ax'aria. As Estátuas de Hera são estruturas imensas, entre 5 e 10m de altura, recobertas de matéria vegetal. Sua quantidade e aparência exata são indefinidas; parece haver pelo menos uma dúzia delas, e uma sensação poderosa de perigo impede a aproximação da maioria das criaturas.

As "estátuas" são, na verdade, antigos golens dos darash — o povo industrial que aterrorizou a Ilha Nobre em tempos remotos. Como chegaram aqui, tão longe do Reino das Torres, ainda é um mistério. Ainda mais preocupante são relatos de que, há pouco tempo, havia mais destas estátuas no campo (sugerindo que um ou mais golens podem ter sido reativados, e agora rondam pelos reinos...).

Guildas e Organizações

Cavalaria Batedora

Orginários de Kil'mer, a Cavalaria Batedora é uma ordem de guerreiros aventureiros que cavalgam hipossauros e dominam a arte da espada e magia. Dentre seus membros mais ilustres, Brando II [humano, Guerreiro 3/Mago 3/

Guerreiro Mágico 3, LB], sucessor da família Wolfgang, é o mais destemido.

A função destes guerreiros é chegar o mais rápido possível até locais onde ocorram problemas. Eles usam a Torre de Argos na capital para visualizar terras distantes e partir para a ação. Além disso, grupos fazem reconhecimento de terrenos à frente de outros exércitos e exploram áreas desconhecidas. Essa coragem cria laços de respeito com outros grupos, como a Visão (parceiros na vigia de Brando) e a Ordem de Bullton — os paladinos de Luncaster. São muitos os casos de empreitadas em que os grupos agiram juntos.

Para se tornar um membro da Cavalaria Batedora é necessário ser perito nas artes de combate e também conjurações arcanas. Esses guerreiros usam a mescla tão comum em Brando, de espada e mágica como união perfeita para o combate.

A Visão

A estranha Torre de Argos em Kil'mer tem propriedades mágicas fantásticas. Seus construtores foram auxiliados por um grupo místico conhecido como a Visão: homens e mulheres que alegam enxergar além dos limites conhecidos.

Entre outras coisas, estes místicos seriam capazes de ver o passado e futuro, o longínquo ou microscópico, o escondido ou invisível, o etéreo ou ofuscante. Todos possuem o "Olho da Alma", como chamam seu cajado mágico característico — que também lhes serve de arma mágica, manuseada com treinamento próprio. Chamados por alguns de monges, eles simplesmente se dizem guerreiros que usam a magia de Argos para proteger seu reino.

O grupo é atualmente comandado por Karod Hoaram [herdeiro do leão, Mago Adivinho 10, LN], o "Leão Vigia", sediado na capital. Correm rumores que Hoaram, de tempos em tempos, convoca grupos de aventureiros para caçar determinado tipo de monstro — uma aberração com dezenas de olhos, que atua como guardião de portas infernais ou logradouros aziagos. Os olhos do monstro seriam usados para forjar os cajados especiais da ordem, e também para abastecer os poderes da própria Torre de Argos.

Lexicais

Os Lexicais, sediados em Vallaria (mas também atuantes em outros pontos do reino), acreditam no poder da palavra. Esta ordem de sábios preza pelo estudo, conhecimento e magia; ao longo dos anos, desenvolveram domínio sobre tudo que é escrito, ouvido ou falado.

Mestres da etimologia (origem das palavras) e linguística, além de conhecedores dos símbolos e rituais arcanos, os Lexicais descobriram que para tudo existe uma designação — um nome verdadeiro que é a própria essência das criaturas e objetos. Os Lexicais compreendem a força dos juramentos, dos votos, promessas e maldições. Eles dominam qualquer coisa ou criatura cujo nome verdadeiro conheçam.

Não há em Moreania melhores diplomatas que os Lexicais. Suas palavras podem acalmar monstros ou separar casais apaixonados. Por isso são muito admirados e também temidos. Em termos de regras, são magos especialistas em encantamento (*Manual do Arcano*).

Escamas de Aço

Lobos e raposas existem em quantidade no reino, mas estão longe de ser os únicos lutadores habilidosos em Brando. Aqui também prospera a ordem de cavaleiros conhecidos como Escamas de Aço, formados por artífices e guerreiros moreau com traços reptilianos — especialmente crocodilos e serpentes.

Sempre trajando proteção corporal pesada, os Escamas de Aço orgulham-se de forjar e vergar as melhores armaduras nos reinos. Embora esteja sediada na capital, membros da ordem percorrem todos os lugares em busca de novos e melhores metais para suas couraças, além de segredos arcanos para fortificá-las e garantir propriedades especiais.

As melhores armaduras e escudos mágicos fabricados pelos Escamas ficam reservados para seu uso pessoal. No entanto, eles são razoáveis ao aceitar ofertas em dinheiro por suas peças.

Exército da Acha

São os guerreiros mais leais e vorazes. Formados por antigos proscritos e excluídos sociais, a vontade de dar a volta por cima os fez a milícia mais devastadora de Brando e dos outros dois reinos. Sediados na cidade fortaleza de Ax'aria, esses combatentes usam o machado como única arma de combate e nele confiam suas vidas.

Cada guerreiro tem seu próprio machado, feito especialmente para ele com o apoio de ferreiros e magos que servem ao exército. São machados de guerra, machadinhas, cutelos, machados duplos e outros tipos que impregnados com magia podem cortar melhor, serem arremessados a enormes distâncias, produzir fogo, gelo ou ácido e até decepar inimigos com um só golpe.

Essa especialização tão focada faz o guerreiro manejar seu machado de modo incomum e a cada combate melhorar sua arte e conquistar mais magias para banhar tais lâminas. O machado para o membro do Exército da Acha é como a montaria de um paladino ou o familiar de um feiticeiro, são inseparáveis. Caso perca sua arma ou ocorra sua destruição em combate, o guerreiro terá que procurá-la ou reconstruí-la a partir dos seus pedaços. Não é possível uma substituição; caso o faça, terá que recomeçar seu treinamento com a arma nova, mesmo que essa seja praticamente igual à antiga.

Encontros

Os encontros mais frequentes em Brando são na parte leste do reino, pela proximidade com as Montanhas de Marfim. Orcs, goblinoides e outros monstros são abundantes na área. Mas o resto do reino também oferece perigo: animais, bestas e feras são comuns, alguns monstros se escondem em antigas ruínas ocultas, e até construtos milenares podem ser avistados mais raramente.

Para estrangeiros, as próprias comunidades de Brando podem ser um desafio. Embora não sejam conservadores como o povo de Luncaster, os habitantes locais podem ser severos e arrogantes. Para o povo do País dos Campeões, nada valem aqueles que se acovardam, ou são intolerantes com magia. E esta gente é bastante propensa a resolver seus problemas com violência.

Aventureiros

Os aventureiros mais comuns em Brando são guerreiros, magos e feiticeiros — seja em suas formas puras, seja combinando classes. É muito raro encontrar, aqui, qualquer aventureiro sem pelo menos um nível em uma destas classes básicas.

Druidas e paladinos existem em menor número, venerando velhos e novos deuses, e também tolerando a mágica arcana. Ladinos se escondem nas grandes cidades e aproveitam o descuido de seus moradores, mas obviamente são malvistos — pois não recorrem nem ao combate honrado, nem à mágica. Bárbaros e monges são raros, não se ajustando bem à sociedade "sofisticada" local.

Os traços moreau na população são menos acentuados que no Velho Mundo, com maior incidência de herdeiros do lobo e da raposa. No entanto, todos os outros animais míticos também estão presentes.

> ## Talentos Nativos
>
> Se você tem acesso à caixa *O Mundo de Arton*, pode oferecer os seguintes talentos nativos para personagens nativos de Brando:
>
> Arma de Família, Armeiro Dedicado, Bairrista, Colecionador de Armas, Conhecimento de Magia, Inimigo da Aliança Negra (muda o nome para Inimigo de Ghob-kin), Inimigo de Dragões, Lutar em Formação, Mago Nato, Patriota, Valoroso.

Laughton
O Novo Mundo

Um reino nascido de uma descoberta, onde tudo é possível, novo e excitante. Fundado por aventureiros, o Novo Mundo abriga os destemidos, curiosos e ambiciosos.

Com menos de um século, Laughton é o mais jovem dos Reinos de Moreania. Por isso a história de sua origem é bem conhecida, alardeada em cantigas de bardos experientes — alguns, ainda vivos desde a fundação do reino.

Eram Seis Heróis, que percorreram os confins da Ilha Nobre em busca de desafios. Em sua jornada, chegaram a uma região inexplorada. Encontraram maravilhas desconhecidas: artefatos assombrosos, magia intensa, construções espantosas. De seus construtores, nem sinal.

A novidade alarmou os mais cautelosos, que até hoje temem um possível retorno desses misteriosos construtores. Mas os moreau são, acima de tudo, um povo humano — atraído pela novidade, movido pela curiosidade. Cidades cresceram à volta dos estranhos monumentos e estruturas. Um novo mundo nascia. Uma terra de exploradores ousados, audaciosos, que desbravam o desconhecido sem temor... Nem qualquer prudência!

História

Dos três Reinos de Moreania, Laughton é aquele que menos se apega ao passado, aquele que menos recorda as tradições do continente. Os deuses ainda são amados, e os druidas, respeitados. No entanto, estes habitantes não vivem apenas para adorar deuses e animais míticos — porque são humanos, e humanos estão destinados a saborear o presente e rumar para o futuro.

Nativos de Laughton não se intimidam diante do desconhecido, não se deixam deter por antigas histórias ou temores de druidas. Essa atitude audaciosa, progressista, com certeza provém de seus fundadores originais.

Há pouco mais de cem anos, havia um grupo de aventureiros similar a tantos outros em Moreania. Era formado por seis integrantes: o paladino Sandoram, a bárbara Zara, o clérigo Dorovan, a maga Khariat, o ladino Zasnem e a barda Thori. Curiosamente, nenhum destes heróis possuía qualquer traço animal — tinham aparência humana completa. Essa coincidência (ou destino, para alguns) apenas prova que Laughton olha para o futuro.

O Sexteto partiu rumo às Montanhas de Marfim, em busca de tesouros proibidos situados no Reino das Torres. Essa jornada de dois anos foi marcada por explorações de masmorras, combates contra criaturas estranhas, e conquista de tesouros mágicos. Os Seis Heróis teriam enfrentado o Marechal Hecatom, derrotado antigas máquinas darash, e escapado de uma prisão subterrânea nas Profundezas. Apenas estes fatos bastariam para marcar seus nomes entre as lendas, mas seu maior feito ainda estava por vir.

Em seu regresso, o Sexteto teria sido apanhado por um vórtice mágico (ou, segundo alguns, apenas trilhado um caminho errado). O fenômeno acabou levando-os ao extremo oeste da ilha, bem perto da costa, em terras ainda desconhecidas. Ali, fizeram a segunda maior descoberta na história recente da Ilha Nobre.

Estavam diante de uma cidade misteriosa, mágica. Era formada por seis gigantescos discos de pedra e metal pairando nas alturas. Sua exploração consumiu semanas. Havia ruas, edifícios e parques. Havia redes de túneis e câmaras secretas, portais mágicos levando de um disco a outro. Inscrições em idiomas estranhos e esqueletos de seres desconhecidos. Mas nenhum habitante vivo.

Diante de tamanho tesouro, os Seis Heróis tomaram posse da cidade, que foi nomeada Prendik. Segundo a história oficial, a palavra significa "magnífica" em um antigo idioma arcano conhecido pela maga Khariat. (Mas alguns alegam que esse seria apenas o nome de seu rato de estimação.)

Tenha sido uma atitude sensata ou não, a Cidade Suspensa foi proclamada capital da futura nação de Laughton.

Aventureiros e seus familiares vieram prestar homenagem aos Seis Heróis, que então viviam em um palácio flutuante acima da cidade. Durante as décadas seguintes os pavimentos aéreos seriam rapidamente ocupados pelos corajosos, audazes e sonhadores, assim como as terras à sua volta.

Abrigando mais de 300 mil almas, fervilhante de povos e culturas, Prendik é hoje a segunda maior metrópole em toda Moreania. Seus moradores dizem: "Se existe, então você pode achar aqui". Novas cidades surgiram à sua volta, fazendo Laughton crescer em economia e poder. Suas famílias reais e instituições patrocinam grupos de aventureiros, oferecendo suporte para suas missões.

Por muito tempo, Luncaster e Brando nem mesmo consideravam Laughton uma nação verdadeira, apenas um bando pretensioso e irritante. Hoje, contudo, seu poder e atitude são impossíveis de ignorar. Seus habitantes enviam expedições constantes ao proibido Reino das Torres, atitude condenada pelos reinos mais velhos. O Novo Mundo é tido como um país de loucos imprudentes, que buscam problemas e brincam com o perigo. Mas o pior ainda estava por vir.

Os exploradores de Laughton encontraram Arton. A primeira maior descoberta na história recente da Ilha Nobre.

Clima e Terreno

Laughton segue a descrição mais fiel de um clima e terreno tropicais. A temperatura e umidade relativa do ar são elevadas, com pouca variação ao longo do ano — as quatro estações são marcadas apenas pela chuva mais ou menos intensa.

Laughton é pequeno, formado por planícies, um grande pântano, poucas colinas ou montanhas, e adensamentos vegetais esparsos. Embora boa parte da costa seja acidentada, as elevações são mais parcas e baixas — tudo banhado por dias ensolarados, criando uma terra muito fértil. São condições perfeitas para o plantio e pecuária, apesar da pequena extensão de terreno. O Novo Mundo também oferece muitas praias, possibilitando pesca em grande escala.

Estes fatores estão tornando Laughton um produtor de alimentos exóticos, capaz de abastecer todos os reinos com iguarias tropicais (que muitos em Luncaster e Brando consideram "frivolidades"). Seus habitantes ainda estão aprendendo como cultivar certas frutas, como capturar certos peixes. Mesmo para os não-aventureiros, as descobertas, novidades e oportunidades estão em todo lugar. Com apenas um século de idade, boa parte de suas terras não foi mapeada ainda.

Fronteiras

Laughton é limitado apenas por Luncaster a leste, e pelo Oceano nas demais direções. O Novo Mundo, embora tenha a menor extensão territorial nos Reinos, é aquele com mais praias e portos naturais. Algumas montanhas no extremo nordeste e sudeste marcam a divisão aduaneira e também a junção dos Rios Gêmeos.

Devido a essa disposição, o Novo Mundo tem pouco contato com os habitantes do Velho Mundo — quase não existem comunidades próximas das fronteiras com Luncaster. Fora de suas terras, a aldeia mais próxima é Ferr-bah, habitada por bárbaros embrutecidos e pouco pacientes, que são mantidos a uma distância segura.

Os povos insulares, habitantes das ilhotas que circundam a Ilha Nobre, promovem muito mais permuta com Laughton. O mesmo vem acontecendo com os forasteiros de Arton, que visitam o reino para trocar mercadorias. Cada vez mais artonianos chegam para ficar (muitos deles fugindo de algo que chamam "Tormenta"). Por sua vez, também vem ocorrendo êxodo dos moreau para a Terra Desconhecida.

População

Laughton é o menos populoso dos Reinos, com pouco mais de 420 mil habitantes, sendo que quase toda essa gente se amontoa em suas quatro maiores cidades.

A capital Prendik, sozinha, abriga três quartos da população total do reino. Zenkridah, Erbah e Kholl-Taril são praticamente gêmeas em tamanho, cada uma com 40 mil almas. Aldeias ou vilas menores são raridade por aqui — todos querem fazer parte da agitação, viver em metrópoles coloridas.

Viver no Novo Mundo é despertar todas as manhãs com espírito aventureiro, livre de obrigações mundanas, sonhando com um destino de riqueza e glória. As ruas das cidades são plenas de novidade: a abertura de um mercado, taverna ou estalagem, a inauguração de uma estátua, a visita de personalidades interessantes, a ativação de um invento, o anúncio público de uma nova expedição, o retorno de aventureiros com histórias fantásticas. A cada raiar de sol, forasteiros ou imigrantes enchem mais ainda as metrópoles.

Claro, nem todas as surpresas são boas. Ânimos exaltados, choques culturais, itens mágicos desconhecidos, jogos de azar, criaturas escapando das jaulas... confusão e combate chegam a ser comuns nas cidades do reino. E todos correm para ver!

O povo de Laughton é extravagante ao extremo. Vestem cores vibrantes, falam e agem com audácia — um violento contraste com a moderação cultivada em Luncaster. Fazem tudo de forma exagerada, épica. Cantam e bradam em vez de falar, dançam e saltam em vez de andar. Entram pela janela, ignoram muros baixos. E raramente percebem quando seus modos expansivos incomodam alguém (ou não se importam com isso).

Esta gente é considerada descuidada, imprudente, e existe alguma justificativa na acusação — desconfiança, cautela e precaução são virtudes cultivadas em outros reinos. Aqui vive-se o momento. Ruma-se para o futuro, mas ninguém se preocupa muito com ele. Confiança vem rápida, amizades nascem todos os dias, e apaixona-se por estranhos à primeira vista. Casamentos, claro, não duram muito. Dê uma oportunidade a um laughtoniano, qualquer uma, e ele agarrará sem pensar.

Laughton não tem tabus. Eles aceitam, abraçam tudo que encontram. Membros das estranhas raças de Arton são bem-vindos. Mistérios mágicos são desvendados e prontamente colocados em uso — sejam artefatos ghob-kin, aparatos darash, grimórios encontrados em ruínas locais, ou mesmo itens trazidos da Terra Desconhecida.

Por seu vasto litoral, Laughton tem uma grande população de pescadores, marinheiros e também piratas. Sua intimidade com os mares promove contato com povos diferentes, das ilhas menores e terras ainda mais distantes. Sua miscigenação e sincretismo racial são intensos, enriquecendo culturalmente o reino.

O Novo Mundo vive em ebulição. Para alguns é a energia da curiosidade e criatividade, para outros é apenas um caos de sonhos tolos — mas engana-se que julga os laughtonianos como ingênuos. Muitos deles são astutos, malandros e mentirosos incorrigíveis, mesmo quando bem-intencionados.

"Não compre gato por lebre, nem confie em qualquer dos dois" dizem aqueles do Velho Mundo, em alusão a Laughton.

Regente

Laughton tem pouquíssimas leis — quase um incentivo ao crime ou corrupção. Taxas, impostos e eleições são mudados a todo momento. Qualquer regulamento exercido há mais de uma semana é considerado "tradição secular".

O reino é governado pelo Conselho dos Seis, gerido pelos descendentes dos antigos heróis e fundadores da nação. Eles são: Albikor [humano, Guerreiro 8, LB], bisneto de Sandoram; Talulla [humana, Nobre 4/Ladina 4, N], bisneta de Zasnem; Elenah, tataraneta de Khariat [humana, Feiticeira Caótica 8, CB]; Breno, neto de Thori [humano, Bardo Menestrel 8, NB]; Gronto, tataraneto de Zara [humano, Bárbaro 1/Guerreiro 5/Gigante Furioso 2, CN]; e Elureus [humano, Clérigo (Gojan) 8, CB], bisneto de Dorovan. Todos estão sediados na capital.

O Conselho é renovado por descendentes diretos do Sexteto, e sua interferência em assuntos oficiais é mínima. Seus membros conversam com chefes e mestres de guildas para deliberar sobre medidas necessárias. Raramente são vistos em público, mesmo em festas ou proclamações reais.

(Na verdade, rumores dizem que todos os seis membros do Conselho formam seu próprio grupo de aventureiros. De tempos em tempos, secretamente, eles abandonam o Palácio Real para caçar tesouros, deixando seus subordinados em pânico total...)

Em verdade, Laughton é governada com desleixo. Sua milícia é displicente e corrupta, não tem o respeito do povo. Diante de alguma crise grave, o procedimento normal do Conselho é contratar grupos de aventureiros para resolver o problema. Famílias nobres fazem o mesmo, sem confiar na justiça local para proteger seu patrimônio.

Os demais, que solucionem suas crises com as próprias mãos. Vale a lei do mais esperto. Não adianta chorar suas perdas, e sim ganhar experiência para, quem sabe, preparar uma vingança.

Cidades de Destaque

Prendik (Capital)

Na costa oeste da Ilha Nobre, a Cidade Suspensa é a maior e também mais diversificada cidade nos Reinos. Descoberta e conquistada pelos Seis Heróis, tem sido o ponto de partida para a colonização de Laughton.

Capítulo 2: Ilhas de Aventura

A cidade é constituída por seis discos gigantescos de rocha e metal, que pairam um acima do outro, em constante e lenta dança giratória. A origem dessa grandiosa estrutura é desconhecida — quem teria sido capaz de levitar peças tão descomunais, e ainda interligá-las por meio de portais mágicos? Algumas inscrições e antigas ossadas sugerem um povo humanoide. Exceto por esse fato, o mistério é completo. De qualquer forma, a cidade foi explorada e considerada inofensiva — e suas centenas de edificações, adaptadas às necessidades dos moreau.

Demonstrando pouca ou nenhuma modéstia, os Seis Heróis deram seus próprios nomes aos seis pavimentos. Tomaram a plataforma mais alta como sua habitação pessoal, estabelecendo ali o Palácio Dorovan — atual morada de seus descendentes e sede do governo. Logo abaixo, no Piso Thori, situam-se as residências das famílias mais antigas em Prendik, que vivem em mansões e possuem comércios finos e grandiosos. Tudo resguardado pela milícia real, que também mantém seu quartel general aqui.

No Piso Zasnem estão sediadas bases de guildas e corporações de ofício. Estas casas "controlam" o caos, tentando seguir com seus negócios em uma cidade de leis escassas. Em muitos sentidos, são estes mestres artesãos, chefes comerciais e líderes de ofício que realmente governam. Aqui também estão as Casas de Aventura — tavernas e estalagens patrocinadas pela nobreza, onde o objetivo é entreter e contratar aventureiros de elite.

O Piso Khariat abriga um setor industrial, com forjas, marcenarias, laboratórios de alquimia, lojas de itens mágicos e todo tipo de estabelecimento para manufatura de bens — bem como as moradas de seus artífices e artesãos. Aqui também fica o Museu Narvhal de Peças Misteriosas (que, em vez de antiguidades, exibe artefatos estranhos originários de várias partes do mundo). A administração do museu contrata aventureiros regularmente para caçar novos artefatos.

No Piso Zara, mais arborizado, temos imensas praças e jardins, além de estabelecimentos voltados para o lazer. São tavernas, estalagens, teatros, saunas, casas de ópera, banhos públicos, arenas de esportes e outros. Mesmo descrentes e desleixados em relação à sua fé, os laughtonianos conservam aqui um templo em honra aos Irmãos Selvagens.

O disco maior e mais baixo é o Piso Sandoram, o mais densamente urbanizado, abrigando a maior parte das residências — e o famoso Mercado de Prendik em seu centro. É o pavimento mais movimentado, as ruas tomadas de caos e correria. Infelizmente, é também aquele com maior criminalidade: becos, vielas e clubes secretos escondem ladinos e saqueadores. Um intrincado mercado negro é abastecido por furtos e pirataria. Para um visitante desavisado, alguns pontos deste piso podem ser tão perigosos quanto qualquer masmorra...

A cidade não termina aqui. Prendik continua no chão logo abaixo, suas construções se alastrando abaixo dos discos, margeando a costa. Docas, trapiches, faróis e galpões são as estruturas mais comuns. Este é o principal ponto de desembarque para estrangeiros da Terra Desconhecida, os chamados "artonianos" — a grande novidade da metrópole.

Apesar de sua densa população, Prendik ainda tem setores inexplorados. Seus discos escondem redes de túneis e câmaras secretas, talvez contendo tesouros e perigos.

Zenkridah

Também conhecida como Cidade Pirata, Zenkridah situa-se a cerca de 600km leste de Prendik. É uma comunidade totalmente erguida por foras-da-lei, afastada da autoridade de regentes. Zenkridah vive de assaltos a navios, caravanas comerciais e carruagens de nobres — sua própria existência piora ainda mais a reputação de Laughton perante seus vizinhos.

Sua origem é curiosa. Em tempos passados, o pirata Carvac Harpon desapareceu sem deixar pistas. Seu aprendiz, Morris Littell, tornou-se então o maior pirata dos reinos, conhecido por pilhar mais de cem navios sem derramar uma só gota de sangue. Após acumular um tesouro incrível, Morris partiu em busca de seu mestre, deixando um mapa com a localização de seu esconderijo.

O lendário Mapa de Carvac passou pelas mãos de numerosos caçadores de tesouros, que caíram vítimas das armadilhas deixadas pelo caminho. O tesouro, enfim, foi encontrado pelos piratas conhecidos como os Nove Crânios. Eles assentaram no local, e usaram aquela riqueza para erguer sua própria cidade.

Zenkridah cresceu, como um porto seguro para piratas e outros fora-da-lei. Corsários são contratados para proteger a Cidade Pirata de olhares cobiçosos. E assim, na curiosidade e desconfiança, a cidade tomou proporções de metrópole, gerida por piratas experientes. Aqui, os fortes e espertos prosperam com atos ilícitos e artimanhas inescrupulosas.

Um pântano próximo abriga dissidentes dos Nove Crânios, que formaram uma comunidade própria. Os infames Espíritos do Charco praticam magia ritualística, fazendo pactos com totens poderosos, esquecidos no tempo.

Erbah

Situada no centro de Laughton, 400 km sudeste da capital, Erbah é possivelmente a cidade mais estranha de Moreania. Tal como Prendik, também foi erguida sobre uma estrutura antiga e misteriosa. É conhecida como Cidade Engrenagem.

Como diz seu nome, a cidade fica sobre uma gigantesca roda dentada, com cerca de 1 km de diâmetro, encravada horizontalmente na encosta de uma montanha. A peça abriga numerosas engrenagens menores, de tipo e tamanho variados, formando um conjunto intrincado: não resta dúvida, tudo faz parte de alguma grande máquina, enguiçada e enferrujada há séculos. Pelo menos, assim se espera...

Entre suas rodas, dentes e eixos, os moreau ergueram suas habitações. Erbah é uma profusão de telhados coloridos, paredes enferrujadas e árvores-de-sangue (uma conhecida vegetação local, com folhas de cor avermelhada).

Por sua natureza, Erbah vem atraindo estudiosos e curiosos, dispostos a desvendar os segredos de seu funcionamento. Estão sediados aqui os Maquinistas, uma guilda de artífices especializados no estudo e construção de máquinas. Dominando as técnicas de construção e controle de golens darash, eles são admirados por alguns, temidos pela maioria.

O aspecto mais perturbador da cidade, com certeza, fica em seu centro exato. No interior de uma ampla catedral, um estranho pedestal abriga uma cavidade pequena, vazia, em formato de engrenagem. Parece um espaço destinado a encaixar um objeto com cerca de 5cm de diâmetro. Alguns acreditam ser apenas uma marca ou símbolo; para outros, é o ponto de ajuste para uma peça perdida, uma chave para o funcionamento da máquina inteira. Membros deste segundo grupo pensam seriamente em mudar-se da cidade, antes que algum grupo de aventureiros acabe encontrando a coisa e decida encaixar no lugar...

Kholl-Taril

Embora chamados por alguns de loucos e hereges, os habitantes de Kholl-Taril são na verdade um exemplo para o reino. A Cidade Apogeu fica ao sul, cerca de 1.000km da capital.

Kholl-Taril teve início como um mosteiro remoto, já existente séculos antes da fundação de Laughton. Formada por clérigos, monges e outros homens santos, a Ordem de Kholl-Taril ensina que tolerância, versatilidade e mente aberta são as maiores virtudes dos humanos — as únicas criaturas na existência que podem tornar-se todas as coisas, até mesmo deuses.

Colonos construíram seus lares próximos ao mosteiro, buscando a proteção dos monges nesta terra ainda estranha. A Ordem aceitou o papel de proteger seus novos vizinhos, e também ensiná-los em seus modos. Assim, a cidade busca o equilíbrio entre todas as virtudes humanas — a sabedoria e vigor de Luncaster, a força e inteligência de Brando, a agilidade e carisma de Laughton. Ao mesmo tempo, Kholl-Taril luta contra a estagnação do Velho Mundo, a arrogância do País dos Campeões, e a leviandade do Novo Mundo. Assim, Kholl-Taril procura reunir o melhor dos três reinos.

Alguns acreditam que esse fato torna a Cidade Apogeu um lugar perfeito, sem pontos fracos, onde todas as artes, técnicas e ciências podem ser dominadas. Outros, mais incrédulos, dizem que isso é impossível. Apelidam Kholl-Taril de "Cidade dos Patos" (cavalos correm, águias voam, peixes nadam; patos fazem todas essas coisas, mas nenhuma delas tão bem).

De qualquer forma, por sua variedade e tolerância, Kholl-Taril cresceu rápido. Tem boa reputação como lugar de harmonia entre corpo, mente e alma; natureza, ciência e magia. Aqui também estão sediados os Excelsiors, misteriosos agentes da Ordem de Kholl-Taril que viajam pelos reinos em missões pessoais, incompreensíveis aos outros moreau.

Geografia
Os Rios Gêmeos

Laughton é a única nação de Moreania que não se serve do Ipeck-akuanya ou seus afluentes. Sua água fluvial vem dos Rios Gêmeos, que afloram das montanhas a norte e sul, e desembocam no mar, perto de Prendik.

As poucas comunidades menores do reino, quando não ficam à beira-mar, situam-se às margens destes rios. Infelizmente, suas águas são habitadas por uma considerável população de animais e monstros ferozes — sem mencionar que criaturas terrestres também vêm beber em suas margens, ocasionando confrontos com aldeões. Por esse motivo, cada vila mantém pelo menos um grupo de aventureiros capazes de lidar com monstros.

Lugares Antigos

É certo, algum povo avançado habitou Moreania muito antes que seus animais se tornassem humanos. Estas pessoas ergueram a fantástica Prendik, e também um sem-número de construções menores — algumas do tamanho de cidadelas e templos, outras bem menores, simples estátuas ou monólitos.

Eles existem em todos os reinos, mas parecem muito mais frequentes aqui em Laughton — que parece ter sido o lugar mais povoado por estas pessoas antigas. Sua arquitetura com certeza não combina com as ruínas darash existentes no outro extremo da ilha. Além disso, até onde se sabe, o Povo das Torres jamais alcançou este lugar: foram dizimados muito antes disso.

Outro mistério reside no fato de que estas ruínas muitas vezes escondem itens mágicos poderosos. É fato conhecido que os darash dominavam técnicas e ciências avançadas, mas não praticavam qualquer forma de magia. Então, quem forjou estes poderosos objetos encantados?

Uma teoria audaciosa diz que estes misteriosos construtores seriam os ghob-kin — os povos goblinoides. Goblins, hobgoblins e bugbears teriam comandado um poderoso império, muito antes do surgimento dos moreau. Então, um destino terrível abateu-se sobre o povo antigo, reduzindo seus poucos sobreviventes a tribos bestiais.

Capítulo 2: Ilhas de Aventura

"Império Ghob-kin" afirmam ser um hobgoblin). Quando descoberta por aventureiros, a estátua era venerada como divindade por um pequeno bando de goblinoides, chamada por eles "Tulgük-Namat". Não há qualquer tradução conhecida para estas palavras.

Uma entrada leva para uma grande câmara no subsolo, que abriga centenas de túmulos lacrados com magia. Alguns poucos destes sepulcros, quando abertos, revelaram múmias humanoides — são até agora os exemplares do povo antigo em melhor estado de conservação, atualmente sendo estudados no Museu Narvhal de Peças Misteriosas em Prendik.

O mausoléu parece esconder outros corredores e câmaras, ainda não exploradas.

Guildas e Organizações

Os Nove Crânios

Após uma trilha de aventuras e armadilhas seguindo o Mapa de Carvac, nove piratas chegaram ao esconderijo de seu pupilo e encontraram seu tesouro. Desconfiados uns dos outros, mas também incapazes de abrir mão da riqueza, formaram um grupo hoje conhecido como Nove Crânios e governam a cidade de Zenkridah.

Estes nove piratas e seus grupos têm força equivalente, e estão sempre competindo. São conhecidos como: Bandeiras Negras, os mais violentos e sanguinários; Selvagens do Mar, todos com traços moreau marcantes; Domadores das Ondas, dotados de poderes sobrenaturais ligados às águas; Velas Mágicas, navegadores com conhecimento arcano; Quellonautas, membros da raça quellon e adoradores de Tamagrah; Bucaneiros de Erbah, usuários de tecnologia; Discípulos de Morris Littell, espadachins que não matam, tentando igualar a façanha do capitão Littell; os Piratas das Torres, saqueadores que usam antigas embarcações darash; e os Novos Artonianos — antigamente chamados de Viajantes Incansáveis, são famosos por cruzar o Grande Oceano e agir também em Arton, reunindo membros de ambos os mundos em sua tripulação.

Qualquer aspirante à pirataria pode tentar uma posição em um dos grupos; como desejam manter seus contingentes equiparados, os Nove Crânios estão abertos a novatos. Já aqueles que planejam formar seu próprio grupo pirata, devem ter grande dificuldade — porque os Crânios sempre unem-se contra qualquer concorrência.

A verdadeira natureza e origem do Povo Antigo resiste como um dos maiores mistérios dos reinos. Mas uma coisa é certa: expedições de aventureiros revelam cada vez mais destes lugares estranhos. Muitos abrigam tesouros mágicos, mas também servem de covil para monstros diversos.

Mausoléu de Tulgük-Namat

Dentre os lugares antigos, um dos mais conhecidos é o Mausoléu de Tulgük-Namat. Esta grande edificação fica cerca de 100km ao sul de Prendik, em um ponto difícil de ser encontrado em meio à mata.

Tulgük-Namat é um edifício piramidal, de rocha acinzentada, com uma imensa estátua à sua frente. Embora esteja quase destruída, a estátua parece pertencer a uma criatura humanoide em trajes militares (que os defensores da teoria

Espíritos do Charco

Dissidentes dos piratas Velas Mágicas, os Espíritos do Charco descobriram uma nova (ou talvez antiga) forma de magia. Seus métodos são temidos e odiados por quase todos que os conhecem.

Ocultos nos grandes pântanos de Laughton, os Espíritos são muitas vezes confundidos com zumbis, aparições ou selvagens de ilhas distantes (embora alguns deles sejam *realmente* assim). Este grupo sinistro aprendeu a fazer contato com entidades poderosas e receber poderes delas. Em troca cedem suas próprias almas, ofertadas de bom grado, e também sofrem transformações monstruosas.

Por enquanto os Espíritos são um grupo recluso, e sua estranha magia, ainda inacessível para qualquer outra pessoa.

Maquinistas

Grupo formado por cientistas, alquimistas, artífices ou simplesmente curiosos, os Maquinistas consideram-se especialistas no estudo e aplicação de qualquer nova tecnologia — entenda-se como "nova" qualquer coisa que os moreau ainda não dominam. Isso inclui artefatos darash (especialmente seus golens), peças mágicas do povo antigo, e também itens trazidos de Arton.

Além de compreender estes objetos, os Maquinistas tentam reproduzi-los, fabricando versões melhores (mais raramente) ou piores (*muito* mais frequentemente). Seus experimentos trouxeram aos reinos um grande número de aparatos úteis — e um número bem maior de acidentes. Desnecessário dizer, este grupo é considerado uma ameaça pelo Conselho Druida de Luncaster.

Excelsiors

Considerados a elite da Ordem de Kholl-Taril, estes poucos homens e mulheres são considerados o ápice da raça humana. São mais fortes, ágeis, vigorosos, inteligentes, sábios e carismáticos que a maioria — e utilizam essas habilidades em benefício dos reinos.

Sua própria existência é considerada um plano dos deuses, uma precaução contra eventos terríveis que devem ocorrer no futuro. Somente os mais aptos, os mais poderosos humanos seriam capazes de desafiar essa ameaça. Assim, os Excelsiors percorrem o mundo participando de missões para aperfeiçoar suas capacidades, rumo ao poder épico.

Nem todos, é claro, concordam com essa teoria. Para muitos, os Excelsiors não passam de uma fraude. São charlatões que aproveitam-se de sua beleza física, lábia e carisma para enganar o povo, dizendo-se "escolhidos dos deuses" para conquistar o respeito dos supersticiosos. Qualquer que seja a versão correta, estes moreau são muito imponentes; sua presença marcante não é esquecida por onde passam.

> ### Talentos Nativos
>
> Se você tem acesso à caixa *O Mundo de Arton*, pode oferecer os seguintes talentos nativos para personagens nativos de Laughton:
>
> Aventureiro Nato, Comerciante Nato, Contador de Histórias, Cosmopolita, Esperteza, Histórias de Pescador, Hospitalidade, Independente, Prosperidade, Pulmões de Aço, Trapaceiro.

Encontros

Em Laughton, qualquer lugar é passível de encontros problemáticos. Suas numerosas áreas inexploradas escondem ruínas e monstros até hoje desconhecidos: neste reino, um grupo de aventureiros tem grandes chances de enfrentar criaturas jamais vistas por olhos moreau — especialmente aberrações.

As metrópoles locais também não se encontram livres de perigo, repletas de ladrões, assassinos e duelistas impetuosos. Os mares são infestados de piratas, que cobiçam as novas rotas para Arton. O extremo leste do reino, habitado por ursos bárbaros, é também outro ponto que exige cautela. Temos ainda raras invasões de povos insulares, que almejam fixar moradia na Ilha Nobre.

Neste reino de autoridade relapsa, e distante da ajuda de outras nações (como os Paladinos de Bullton ou a Cavalaria Batedora de Brando), aventureiros devem estar preparados para cuidar de si mesmos.

Aventureiros

Os aventureiros mais comuns em Laughton são guerreiros, ladinos e bardos, seguidos em menor número por feiticeiros e magos. Um bom número de rangers atua nos mares. Ainda mais numerosos são os swashbucklers — estes fanfarrões coloridos praticamente representam o reino. São também aqueles que mais frequentemente viajam para Arton (levando consigo uma imagem meio deturpada dos demais moreau).

Laughtonianos são os mais "humanos" entre os reinos, apresentando poucos traços animais em relação a seus vizinhos. Mesmo assim, a incidência de herdeiros do gato e herdeiros do coelho é consideravelmente superior.

Este reino tem poucos clérigos, druidas, paladinos, monges e bárbaros.

Montanhas de Marfim

Diante da ameaça darash, suas máquinas movidas a fumo e vapor que avançavam sobre as terras selvagens, o Indomável se enfureceu. Libertou Morte Branca, o dragão de marfim, para dizimar o povo pestilento. No entanto, muito antes dessa época, as Montanhas de Marfim já eram consideradas o lugar mais perigoso da Ilha Nobre.

Em um arquipélago inteiro de terras selvagens, morada de predadores e presas que lutam diariamente pela sobrevivência, estes picos de brancura mortal são ainda mais violentos e brutais. Uma região árida, onde a água é escassa, e a comida mais ainda. Onde bestas titânicas são abatidas por feras ainda maiores, que por sua vez são dizimadas por dragões, demônios e coisas piores. Onde ventos quentes carregam o cheiro de morte e o trovejar de urros. Onde governa a lei do mais forte.

As Montanhas de Marfim dividem a Ilha Nobre, isolando suas duas regiões principais — os Reinos de Moreania a oeste, e o Reino das Torres a leste. Quando os darash esgotaram totalmente sua porção da ilha, tentaram vencer as montanhas para alcançar as selvas virgens que sabiam existir além. Mas as armas e engenhos do homem civilizado nada puderam contra a selvageria crua deste lugar.

História

As Montanhas de Marfim sempre preencheram a região central da Ilha Nobre. Uma vasta e rigorosa cordilheira, de difícil travessia, praticamente isolando as regiões oeste e leste. Mesmo antes da invasão darash, a vida animal nativa seguia rumos evolutivos diferentes em cada extremo da ilha; muitos animais de uma região não podiam ser encontrados na outra.

Essa barreira natural deteve o avanço darash durante longos anos, impedindo o antigo Povo das Torres de destruir a ilha por completo. Suas máquinas não apenas eram danificadas pelo terreno rochoso difícil, como também atacadas por feras e monstros que ali espreitavam. Mas os darash eram insistentes, e a paciência do Indomável, restrita. Quando ousaram tentar cruzar as montanhas para levar seu veneno ao outro extremo da ilha, despertaram a fúria do Deus dos Monstros. E foram extintos.

Desde tempos imemoriais, enquanto os campos, praias e florestas à volta eram deixadas para as crianças da Dama Altiva, as Montanhas de Marfim sempre foram território do Indomável, o covil de suas bestas. São terras tão impregnadas de crueldade que monstros de todos os tipos infestam seus picos e vales. Alguns reproduzem-se naturalmente; outros apenas brotam de pântanos, cavernas e vulcões, trazidos à vida pela cólera crua do Monstro-Rei.

Os moreau temem as Montanhas e seus habitantes, mas também demonstram respeito. Sabem que sua força e ferocidade preservaram as crias da Dama contra a invasão darash. Sabem, também, que o Indomável é um deus territorial, irascível, que não admite intrusos ou profanadores. Embora tenha concordado em atender o desejo dos moreau, transformando-os em humanos, o Deus dos Monstros odeia povos civilizados. Assim, grande parte dos moreau — sobretudo os druidas — acredita que as Montanhas devem ser evitadas.

Claro, essa opinião não é partilhada por todos. Conforme avançava a sociedade moreau, também crescia sua coragem, ousadia e ambição — dizem, as maiores qualidades e também os piores defeitos da raça humana. Com o Reino das Torres no lado oposto, pleno de tesouros e artefatos darash a serem descobertos, cada vez mais expedições de aventureiros realizam a longa e perigosa travessia. Invariavelmente, deparam-se com bestas e seres malignos.

O inverso também ocorre. Vez por outra, as próprias montanhas despejam suas bestas sobre os Reinos, na forma de hordas goblinoides, bandos de licantropos, ou mesmo um ocasional demônio, gigante ou dragão. Aqueles que vivem próximos às fronteiras, sobretudo os habitantes de Brando, devem estar sempre preparados para incursões de monstros.

As Montanhas de Marfim são, e sempre foram, lugar de perigo e mau agouro. Monstros lutam e matam pela sobrevivência, ou por pura crueldade. Dragões e gigantes urram no topo das montanhas, bestas colossais rastejam das cavernas, demônios governam feudos de devassidão. Os mais prudentes e tementes aos deuses ficam longe, enquanto os mais bravos ou loucos atrevem-se a desbravá-las.

Clima e Terreno

A brancura das Montanhas de Marfim é enganadora; sugere um clima glacial, picos nevados e névoas geladas, quando na verdade estas terras são quentes e áridas. Nuvens de vapor escaldante cozinham os picos, também aquecidos por intensa atividade vulcânica. Para a maioria dos moreau, estas montanhas são o inferno. E essa maioria tem razão.

Mais que uma região inóspita, as Montanhas de Marfim são uma barreira quase intransponível. Picos altíssimos, escarpados, intercalados por desfiladeiros, penhascos e vales. Em seus pontos mais elevados o ar é rarefeito, difícil de respirar — mas ainda quente. Seus abismos mais profundos levam às Profundezas, onde rastejam antigos horrores.

A Cordilheira de Marfim tem aspecto perene, eterno, irremovível. De fato, suas maiores elevações existem desde tempos imemoriais, talvez estejam ali desde antes do nascimento dos deuses. Mas também é verdade que estas montanhas estão sempre em mutação, furiosas, sacudidas por força

Capítulo 2: Ilhas de Aventura

geológica interior. Terremotos, desmoronamentos, furacões e erupções vulcânicas mudam sua face; em algum ponto, um grande desastre natural sempre está ocorrendo.

A brancura da paisagem é quase cegante. Minerais presentes na rocha, sobretudo sódio e cálcio, são responsáveis pela cor característica. Horrendas formações lembrando ossos, dentes e garras gigantescas, crescem a olhos vistos — há quem diga que a cordilheira inteira é formada pela mandíbula do Indomável. Outra visão impressionante são os crânios ou esqueletos de criaturas gigantescas, maiores que navios ou castelos. Não é raro que povos locais utilizem tais estruturas como abrigo, ou mesmo como alicerce para suas cidades.

A maior parte do terreno, como seria esperado, é montanhosa. Mas a vastidão da cordilheira oferece muitas outras formações geográficas, abrigadas em meio a imensos vales, desfiladeiros e crateras de vulcões extintos. Desde rios caudalosos a grandes dunas de cascalho, passando por florestas espinhosas, pântanos ferventes e lagos salgados.

As matas que surgem entre os vales são de árvores baixas, retorcidas e espinhosas. A vegetação mais presente é a arbustiva e bromélias: plantas rombudas com folhas grossas, serreadas e pesadas.

Raramente chove aqui e, quando acontece, muitas vezes é motivo para desespero. Chuvas corrosivas ou ferventes são comuns. Ainda mais perigosas são as "chuvas explosivas", ocorridas quando água incide sobre certos terrenos reativos.

O grande rio Ipeck-Akuanya, que cruza os Reinos, nasce nestas montanhas. No entanto, devido à natureza salina do terreno, perto de sua nascente a água tem gosto salgado. O mesmo vale para quase todos os rios e lagos na região. Animais e monstros locais são adaptados para consumir essa água, enquanto outros habitantes precisam tratá-la primeiro, ou lutam pelas escassas fontes de água potável.

Fronteiras

As montanhas marcam o centro da ilha. Sua fronteira oeste é marcada por uma pequena extensão de Luncaster, ao norte; e por Brando, ao sul. Ambas as nações evitam construir grandes comunidades próximas à cordilheira agourenta; apenas cidades-fortalezas, como Bullton (em Luncaster) e Ax'aria (em Brando), cuja função principal é justamente proteger os Reinos contra investidas de monstros.

A leste, as montanhas são limitadas pelo Reino das Torres. Bem diferente das nações moreau, suas construções sinistras avançam até bem perto dos montes alvejados, atacadas pela erosão. Percebe-se que os darash ocuparam cada quilômetro quadrado de seu lado da ilha, até não sobrar espaço algum — restando apenas o avanço inexorável contra as montanhas. Este foi o último erro de sua raça inteira.

Os extremos norte e sul das Montanhas de Marfim tocam o oceano. Quase não há praias nestes pontos, apenas rochedos de navegação extremamente perigosa. Apesar da conhecida perícia moreau como marinheiros, uma tentativa de contornar as montanhas por mar é considerada quase tão suicida quanto sua travessia por terra.

População

Por sua extensão e desolação, muitos pensavam que as Montanhas de Marfim eram habitadas apenas por ocasionais tribos nômades ou monstros errantes. Não podiam estar mais errados.

Todos os tipos de monstros, conhecidos ou desconhecidos, vivem aqui. Muitos vieram de longe, atraídos pelo caos e maldade que emanam da própria rocha. Outros brotam da própria essência divina do Rei-Monstro, erguendo-se de pântanos, grutas e crateras. Os mais numerosos entre eles formam comunidades.

É difícil fazer estimativas: tentar contar os monstros na Cordilheira seria o mesmo que contar as conchas nas praias do arquipélago. No entanto, baseados em relatos de aventureiros, estudiosos suspeitam que a raça mais numerosa é formada pelos kobolds. Embora fracos como indivíduos, este povo de natureza dracônica prospera em grandes bandos, enxameando montanhas inteiras feito pragas, sobrevivendo pela força dos números. São bem-sucedidos em sobreviver onde outros apenas rastejam sedentos e famintos. Erguem suas próprias aldeias, mas também atuam como servos e soldados para seus mestres dragões e meio-dragões.

Orcs são, provavelmente, a segunda raça monstruosa mais abundante. A história de sua verdadeira origem é dúbia: clérigos da Dama Altiva dizem que eles são remanescentes dos darash. Seus ancestrais, em uma tentativa desesperada de sobreviver à fúria de Morte Branca, esconderam-se nas montanhas — onde foram lentamente transformados, revertidos a formas grotescas, seu exterior refletindo o interior. Outra teoria diz que eles simplesmente brotam de árvores malditas, por obra do Indomável. Ambas devem ser verdadeiras, e deve haver outras mais.

Para a surpresa de muitos, povos goblinoides não são nativos destas montanhas. Goblins, hobgoblins e bugbears — conhecidos coletivamente como ghob-kin — teriam prosperado em grandes populações na região oeste da Ilha Nobre, onde atualmente existem os Reinos. Certos achados arqueológicos sugerem que os ghob-kin foram, um dia, tão avançados quando os próprios moreau, mas caíram vítimas de algum destino terrível. Hoje, após uma caçada épica que ficaria conhecida como o Grande Expurgo, muitos goblinoides foram banidos para as Montanhas de Marfim.

Gigantes moreau rondam pelas montanhas. Brutos e massivos, vivem sozinhos ou formam pequenas tribos — são praticamente como forças da natureza, a mente minúscula movida por instinto. Os maiores e mais fortes chegam a rivalizar com os dragões; praticamente cada montanha, vulcão, floresta ou vale que não pertença a um dragão, é controlado por um ou mais gigantes.

Por influência do Indomável e seus dragões, além de kobolds, muitas outras raças reptilianas e dracônicas proliferam nas montanhas. Homens-lagarto e troglodytas formam vastas tribos, às vezes reunindo ambas as espécies. Gnolls e trolls também são comuns, mas em números reduzidos.

Entretanto, a população da cordilheira está longe de ficar restrita a humanoides monstruosos. Demônios proliferam em abundância, até mesmo constituindo comunidades próprias. Encarnações profanas do caos violento, eles são gerados em hordas a partir da própria essência maligna do Indomável. Em outras terras, seriam considerados seres extraplanares, invasores de infernos ou abismos profundos — mas aqui, nas montanhas, os demônios estão em seu próprio terreno nativo. Suas contrapartes ordeiras, os diabos, são raras aqui.

Dragões. Embora nunca formem comunidades, eles são numerosos. Praticamente cada montanha, vulcão, floresta ou vale é território de um dragão. Muitos vivem isolados em covis remotos, protegendo seus tesouros com egoísmo, enquanto outros atuam como governantes (ou tiranos) de aldeias ou cidades inteiras. Por sua fertilidade, a incidência de meio-dragões nas Montanhas de Marfim é excepcional; eles existem em meio a praticamente todos os povos e raças.

Por fim, existem os humanos. Pequenas tribos aqui e ali, mas nenhuma tão vasta e conhecida quanto os Korrd — formada principalmente por homens bárbaros e mulheres druidas. São ainda mais primitivos e rústicos que os bárbaros dos Reinos, em luta constante pela sobrevivência, vivendo da água escassa e caçando insetos gigantes. Corajosos e orgulhosos de sua força, recusam-se a habitar os Reinos, onde "qualquer fraco consegue viver". Enfrentam os monstros em igualdade, encarando o Indomável e suas crias em seu próprio terreno.

Regente

Uma vez que as Montanhas de Marfim não estão sob um governo unido, não existe uma regência oficial para esta região. Também não há reinos ou fronteiras internas demarcadas; aldeias e cidades isoladas reivindicam os territórios vizinhos, enquanto dragões e gigantes simplesmente matam aqueles que chegam perto demais de seus covis.

No entanto, quase todos os moreau concordam que as montanhas têm um único e inconteste regente, que tudo fareja de seu ninho vulcânico: o próprio Indomável.

Cidades de Destaque

Lopernicus

A maior comunidade humana nas Montanhas de Marfim não é conhecida como Cidade dos Bárbaros sem motivo. Por mais contraditório que seja este título.

Lopernicus (um nome curioso para uma comunidade bárbara, muitos concordam) é abrigada no interior oco de um pico esbelto, possivelmente um antigo vulcão extinto. Suas vastas câmaras atuam como imensos salões comunais, interligadas por redes de túneis. Das aberturas emergem

O Reino das Torres

Longe dos Reinos de Moreania há uma terra devastada, de muralhas caídas e cidades em ruínas, que um dia abrigaram um povo terrível, imundo. Os darash foram dizimados antes de causar destruição maior. Mas estarão eles realmente extintos...?

Muito além das Montanhas de Marfim, o extremo leste da Ilha Nobre certa vez abrigou florestas luxuriantes e planícies infindáveis, onde os filhos da Dama Altiva pastavam e caçavam. Poderia ser assim para sempre. Mas, um dia, a terra selvagem viu a chegada de humanos. Sugando toda a vida da região com suas máquinas, os darash avançaram sobre as montanhas centrais, cobiçando as terras virgens no extremo oposto da ilha-continente. Mas essa ousadia despertou a fúria de Morte Branca. O Dragão de Marfim ergueu-se de seu vulcão e exterminou os darash.

Hoje, as antigas e gigantescas cidades estão reduzidas a escombros. Um lugar maldito, que deveria ser evitado por todos. Mas também um lugar que esconde tesouros fantásticos, desde ouro e joias a estranhos artefatos darash, como seus poderosos golens. Assim, aventureiros moreau realizam expedições regulares ao Reino em Ruínas.

Mas existe uma verdade sobre os povos humanos: é impossível acabar totalmente com eles.

História

A parte leste da Ilha Nobre foi, em tempos antigos, verdejante e selvagem como a região oeste. Hoje, quase toda a sua extensão é formada por ruínas gigantescas, de uma civilização felizmente extinta.

Eram os darash. Um povo cruel, egoísta, sem respeito pelos deuses ou suas criações. Sedentos por riqueza e poder, sugavam as riquezas da terra com suas máquinas, erguiam cidades titânicas de pedra e metal. Por odiarem os deuses, lançavam suas torres aos céus como que em desafio, tentando perfurar seus ventres com pontas afiadas.

Suas nações gigantescas, caóticas e superpopulosas, cobiçavam os recursos de seus vizinhos. Travavam jogos políticos, forjavam máquinas de guerra, dizimavam seus semelhantes. Cada novo conflito libertava exércitos de criaturas animadas por vapor e fumo. Cada nova guerra exauria ainda mais a água, comida e outros presentes dos deuses — ao mesmo tempo em que conspurcava suas terras com peste e imundície.

O mundo seria melhor se estes povos movidos por ganância fossem mutuamente exterminados. Mas os darash sobreviveram, e não tiraram lição alguma de sua desgraça. Após esgotar suas próprias nações nativas, procuraram e encontraram a Ilha Nobre. Sua colonização foi, em verdade, uma infecção. Eles queimaram as árvores, ergueram torres, escureceram os céus. Estradas, muralhas e metrópoles sufocavam as paisagens. Em poucos séculos, toda a terra, ar e água eram pura pestilência.

Os darash sabiam existir áreas selvagens ainda puras mais a oeste, além das Montanhas de Marfim. Os picos rigorosos frearam o avanço das estradas e torres por algum tempo — mas, com o esgotamento total das matas locais, as máquinas forçaram seu avanço inexorável contra a cordilheira. Ao longe, os animais farejaram a vinda da morte e tiveram medo. A Dama Altiva chorou por eles.

O Indomável ouviu seu choro. Percebeu a invasão de seu território. E sua paciência era nenhuma.

Um dragão-deus-monstro abriu asas sobre o Ninho da Morte, o maior vulcão de Moreania, que explodiu em um holocausto de chamas purificadoras. Morte Branca cobria os céus com suas asas, urrava com muitas mandíbulas — era fúria divina encarnada. Quando sua sombra caiu sobre as metrópoles darash, o povo das torres percebeu seu erro. Tarde demais.

Não há como descrever o ataque de Morte Branca. Suas bocarras expeliam fogo branco de brilho cegante, que reduzia cidades a escória quente. O bater de suas asas lançava destroços a dezenas de quilômetros. Durante os dias seguintes, o dragão arrasou as maiores metrópoles e indústrias, sua simples visão fulminando cada ser vivente.

Os darash lutaram. Eram um povo experiente em extermínio, acreditavam ser capazes de matar uma única criatura, por mais forte que fosse. Lançaram contra o monstro seus exércitos de soldados mecânicos, suas frotas de máquinas ambulantes, rastejantes e voadoras. Golens do tamanho de castelos lutaram com massivos punhos de ferro. Canhões colossais despejaram chamas, projéteis e venenos, suficientes para arrasar nações inteiras. As mais temíveis armas foram empregadas, bombas de doença e pestilência que poderiam dizimar os próprios humanos.

Nada disso teve efeito contra a besta-fera catastrófica. Os bombardeios causavam mais dano às próprias cidades, que ao monstro. Em seis dias, com sua fúria saciada, o dragão-deus retornou a seu vulcão.

Nem todos os darash foram dizimados durante o ataque. Muitos sobreviveram para enfrentar um horror maior — os venenos e pragas libertadas por suas próprias armas. O Reino das Torres não podia mais sustentar vida. Água e solo haviam sido conspurcados para sempre. Mesmo os poucos animais sobreviventes, atacados por moléstias e toxinas, eram agora monstros deformados e devoradores de homens. Nenhum humano podia viver naquele ambiente.

Em meio a quilômetros de ruínas, pequenas comunidades existem aqui e ali. Os atuais darash são monstros grotescos — mortos-vivos, aberrações ou meio-golens. Eles odeiam toda a vida, odeiam aquilo que são. Muitos não têm mente, nem lembrança de seu antigo império. Outros sonham em restaurar a glória perdida. E outros, ainda, tramam vingança contra os deuses e seus herdeiros: o povo moreau.

Apesar do perigo, o Reino das Torres é também um ímã para aventureiros. Seus artefatos — servos mecânicos, veículos voadores, máquinas de todos os tipos... — prometem aos Reinos uma nova era de progresso, caso sejam usadas com sabedoria. Seus cofres guardam ouro e joias acumuladas durante séculos de ganância. Para heróis habilidosos, capazes de cruzar as Montanhas de Marfim e alcançar estas terras malditas, as recompensas podem ser vastas. Mas será prudente contrariar a vontade dos deuses? Será prudente irritar o Indomável outra vez...?

Clima e Terreno

A maior parte do Reino das Torres é formada por ruínas. Quilômetros e quilômetros de estradas arruinadas, muralhas em escombros, tubulações cavernosas e cidades vazias. Chega a ser difícil crer que um povo consiga ocupar, *substituir*, toda a paisagem natural de uma região.

Os lugares onde os darash não construíam nada, foram usados como vastos depósitos de seus detritos mortais. Há montanhas de lixo e materiais estranhos, que nunca apodrecem, nunca retornam ao ciclo natural que alimenta as coisas vivas. Grandes lagos e pântanos oleosos, venenosos, formados por dejetos de suas indústrias. Vales enevoados com fumaça pegajosa que queima nas narinas. Praias onde pulsam ondas repelentes de limo gorduroso. Não raro, monstros antinaturais emergem destes sítios de pestilência e atacam qualquer coisa à vista.

Em alguns pontos, a natureza ainda luta para retomar sua terra. Florestas e selvas tentam renascer em meio aos destroços. Mas nenhuma vida natural consegue crescer aqui sem deformidades, sem mácula. As matas são formadas por árvores retorcidas e folhagens que lembram papel queimado e cheiram a carvão. E seus animais, que um dia poderiam ser chamados assim, hoje são monstros antinaturais feitos de olhos, tentáculos e gosma.

Mesmo com o fim das antigas fornalhas, os céus permanecem escurecidos pela fumaça negra que parece emanar dos depósitos de detritos; grande parte do Reino das Torres ainda queima, e vai queimar para sempre. O sol eternamente encoberto torna a região fria. Ventos fortes podem causar tempestades de poeira, cinzas ou mesmo brasas incandescentes. As chuvas, raras, são também oleosas e fétidas.

Fronteiras

É correto dizer que o Reino das Torres ocupa totalmente a região leste da Ilha Nobre. Os poucos lugares que suas construções não alcançam, sua imundície trata de preencher.

As Montanhas de Marfim formam uma barragem natural entre as ruínas e os Reinos de Moreania, mantendo-os milhares de quilômetros afastados — uma distância mais que saudável. Nas proximidades das montanhas, tremendas forças erosivas destruíram as maiores construções, reduzindo tudo a esqueletos de metal enferrujado.

O restante do reino é limitado pelo próprio oceano, e algumas ilhas vizinhas. As praias locais dificilmente podem ser chamadas assim: suas águas são densas, pegajosas feito cola, quase vivas em sua determinação de agarrar e arrastar qualquer coisa. Há quem diga (embora seja uma teoria horrível demais para se acreditar) que a podridão dos darash transformou suas águas costeiras em uma *criatura*, uma gosma gigantesca, ou até uma colônia de gosmas. Desnecessário dizer, esse fato torna difícil e perigoso alcançar o Reino das Torres por mar.

População

Não há ser vivente capaz de existir por muito tempo no Reino das Torres. Não há comida ou água potável. O ar fumacento queima nos olhos e pulmões. Cidades inteiras abrigam moléstias dormentes, prontas para despertar, contaminar e matar qualquer criatura viva. Mesmo assim, a região é assolada por numerosos seres não-viventes ou não-naturais.

Mortos-vivos são os mais comuns. Os darash odiavam seus deuses, recusavam-se a fazer qualquer preparação para o pós-vida. Talvez por essa razão, quando morreram de forma violenta com o ataque de Morte Branca, tiveram sua entrada para o outro mundo proibida — ou pior, recusaram a entrada por vontade própria. Um incrível número deles ergueu-se novamente como zumbis, esqueletos, carniçais e outros seres profanos.

Existem mortos-vivos em quase todas as cidades darash, escondidos em estruturas ou vagando em grandes bandos pelas ruas. Algumas metrópoles abrigam populações inteiras, autênticas hordas destas criaturas malditas. Quase todos rastejam sem mente, sem destino, preocupados apenas em destroçar sua próxima vítima. Outros agarram-se a resquícios de sua antiga existência, torturados por memórias quase perdidas. E alguns, inacreditavelmente, conservam a mesma mente aguçada que tinham em vida — agora governam seus "semelhantes", controlando verdadeiros exércitos. O flamejante Marechal Hecatom é, com certeza, o mais poderoso morto-vivo conhecido na Ilha Nobre.

Outro tipo de criatura que não requer nutrição, nem pode ser afetada por doenças, são os golens. Embora nunca tenham sido praticantes de magia verdadeira, os darash tinham acesso a materiais e técnicas que permitiam a construção de poderosas estátuas animadas, servos mecânicos que realizavam trabalhos braçais e lutavam em guerras. Espantosos em variedade, podiam ser pequenos como ratos ou imensos como castelos. Deslocavam-se com pernas, rodas, esteiras ou asas. Eram movidos a vapor, carvão, óleo, veneno — ou gemas estranhas, luminescentes, cujo toque cáustico causa doença a seres vivos.

Tremendamente resistentes, muitos golens darash ainda estão operacionais. Alguns apenas esperam para ser ativados e obedecer às ordens de seus novos mestres. Outros, danificados ou insanos, atacam tudo que se mova. Aventureiros moreau sonham em incluir um golem darash na equipe, como companheiro, servo, ou meio de transporte.

Muito mais sinistros são os meio-golens, ou *yidishan*: em suas constantes tentativas de trapacear a morte e as doenças trazidas por sua própria indústria, os darash testaram inúmeras formas de unir homem e máquina, usando partes de golens para substituir membros e órgãos naturais. O procedimento transforma uma criatura humanoide em um meio-construto, imune a doenças, envelhecimento, fome ou sede — mas também irremediavelmente louco e maligno. Nessa condição artificial entre a vida e não-vida, grandes bandos yidishan sobreviveram à extinção darash e reúnem-se em tribos depravadas.

Exceto por ocasionais aberrações inteligentes, não há outros habitantes conhecidos no Reino das Torres. Mas existe ainda muito a ser descoberto neste lugar.

Regente

Ninguém governa este reino em ruínas. O mais próximo que podemos chamar de comunidades ou sociedades, são grupos formados por zumbis sem mente ou meio-golens yidishan insanos. Um ocasional fantasma, múmia ou lich controla seu próprio castelo ou cidadela. No entanto, três figuras poderosas exercem influência significativa sobre o reino em ruínas.

Ameena Anom'lie, a Doutora Louca, governa a cidadela Zuggt. Décadas de experimentos perigosos distorceram corpo e mente da pesquisadora depravada, transformando-a em algo mais (ou menos) que humano. Verdadeira fonte de infecção, seu simples toque transforma qualquer criatura natural em um monstro aberrante. Hoje, Ameena cerca-se de aberrações monstruosas como soldados e servos.

Marechal Hecatom, antigo comandante de tropas darash, liderou um ataque frontal contra Morte Branca — quando seu aparato voador recebeu uma baforada de cha-

---

Sou vida. E a vida muda. Sempre.

Minha memória é antiga, mas tênue, quase um sonho. Quem eu era? O que era?

Uma mulher humana, com uma missão. Líderes vinham a mim, queriam curar, queriam matar, então queriam curar de novo. Queriam viver para sempre, queriam o fim das pestes, mas também queriam pestes para dizimar seus inimigos. Queriam matar as feras, mas também queriam comandar suas próprias feras.

Que povo louco, nós fomos! Ainda bem que mudamos. Ainda bem que tudo muda, toda a vida muda.

Eu era uma mãe? Lembro-me de dar à luz muitos filhos. Não eram humanos, não eram darash. Eram melhores, eram perfeitos. Acusaram-me de louca, blasfema. Tentaram matar meus filhos.

Antes que pudessem matá-los, eu os libertei.

O que aconteceu depois? Dormi um sono com sonhos pulsantes, molhados. Sonhos de loucura rastejante e viscosa. Sonhei com um verme branco, um deus-monstro raivoso, que varreu toda a vida deste lado do mundo. Tudo era morte e ruína. Mas, onde o humano comum não podia mais viver, minhas crias podiam. Eu também podia. Porque mudamos. Toda a vida muda.

Por quanto tempo dormi? Será que estou mesmo acordada? Ou ainda durmo em meu casulo, minha crisálida, mudando para algo ainda melhor? Esperando para despertar como uma forma de vida suprema, perfeita? Serei a mãe de uma nova humanidade darash? Serei a criadora da raça eleita?

Este novo mundo, estas belas e perfumadas paisagens, apenas esperam para ser povoadas. Minhas crianças brincam onde outros morrem. Minha vontade faz brotar filhotes vigorosos, macios, completos. Tenho orgulho deles.

Existe um morto-vivo em chamas. Existe um homem-máquina. Eles não mudam, não podem mudar. Não são vida. São blasfêmia.

Existe um deus-monstro poderoso, selvagem, viril. Ele demonstrou sua força. Demonstrou sua supremacia.

Eu fui darash. Os darash odiavam deuses.

Toda vida muda.

— Doutora Ameena Anom'lie

> **G**uerra. Eu existo para a guerra, os darash existem para a guerra. Eu gostava da vida, porque podia lutar por ela. Precisava lutar para mantê-la. Matar para mantê-la. Caso contrário, não poderia continuar vivendo.
>
> Hoje, ainda posso ir à guerra. Ainda posso lutar e matar. Mesmo sem uma vida. Por que precisaria de uma vida, então?
>
> Libertei-me da vida, porque perdi uma guerra. Era uma guerra diferente; milhares contra um. Todo o progresso darash, todo o avanço de nossas armas não valeram nada contra nosso oponente. Ele era um deus. E deuses, como sabe qualquer criança, trapaceiam. Eles não podem ser mortos. Mas matam. Mataram todos nós.
>
> Que dia formidável! Nossos automatrons escureciam os céus, nossos canhões alcançavam os confins do mundo. Nada podia vencer nossa frota, nossa armada. Mas o inimigo era um deus. Deuses trapaceiam. Usam mágica. Odiada, desgraçada, amaldiçoada bruxaria.
>
> Meus exércitos tombaram, dizimados pela chama infernal. Os golpes de garras abriam abismos, o farfalhar de asas derrubava muralhas. Cavalguei meu autômato pessoalmente contra o verme branco. Ele olhou para mim.
>
> E veio a baforada queimante. Expulsou minha carne dos ossos, que por sua vez viraram cinzas. Mas minha vontade, minha determinação, era darash. Não somos detidos por nada. Para meus ossos, tomei o metal negro retorcido das máquinas arruinadas. Para minha carne, tomei a escória quente. Agora existo como um espectro flamejante, um esqueleto imerso em lava.
>
> Ainda posso odiar. Ainda posso queimar com o desejo de vingança. Ainda posso lutar, matar, fazer guerra. Isso é tudo que importa.
>
> — Marechal Herr'ec Hecatom

mas dracônicas. O guerreiro teve morte instantânea, mas sua vontade era férrea: ele retornou como um vulto flamejante, um esqueleto envolto em chamas sobrenaturais. Sediado na cidade-fortaleza Argondar, hoje ele comanda a maior legião de mortos-vivos no continente.

Bunkman Berenwocket controla a cidade-máquina de Steelcog, cujas chaminés imensas ainda expelem imundície negra. A sobrevivência desta cidade ao ataque de Morte Branca é ainda um mistério; suspeita-se que a cidade inteira seja um golem gigantesco. Em seu interior, o artífice Berenwocket governa uma grande população de meio-golens — possivelmente o mais próximo que resta da sociedade darash original.

Os três "Lordes das Torres" são todos muito antigos e poderosos, possivelmente os seres mais perigosos em toda a Ilha Nobre. Loucos ou sedentos por poder, eles travam constantes disputas de território entre si, o que é uma felicidade para os Reinos; unidos, estes vilões jamais poderiam ser derrotados.

Cidades de Destaque
Zuggt

Esta cidade e suas torres parecem tomadas por muitos tipos de fungo. Camadas de material esponjoso crescem e rastejam sobre suas estruturas a olhos vistos. Teias gotejantes pendem entre suas torres e chaminés. Um olhar atento revela detalhes ainda mais perturbadores — tubulações pulsando como vermes imensos, ferrugem viva devorando metais, árvores monstruosas que "frutificam" grandes olhos bulbosos.

Enquanto toda a vida parece inexistir nas ruínas darash, Zuggt é uma doentia exceção. Aqui, vermes e aberrações rastejam pelas estradas, crescem em jardins macabros, brotam de cada fenda ou bueiro. Fungos agressivos espreitam em cada esquina. Enxames e limos varrem as ruas, impregnando tudo com veneno e doença. As torres, povoadas de horrores invertebrados, não oferecem segurança muito melhor.

As estruturas centrais da cidade servem como laboratório e morada para sua líder: a Doutora Louca — ou Ameena Anom'lie, como era conhecida séculos atrás. Pouco é conhecido sobre seu passado, mas Ameena possivelmente era considerada depravada mesmo entre os darash. Ela criou e cultivou armas de pestilência responsáveis pelo extermínio de raças e espécies inteiras. Seus experimentos também mostraram ser capazes de *mudar* criaturas vivas, transformar seres naturais em monstros.

Após o ataque de Morte Branca, a Doutora Louca desapareceu. Deveria ter morrido com sua raça maldita. Mas, sem explicação conhecida, Ameena não apenas ressuscitou — ela *transformou-se* em outra coisa. Uma aberração revoltante, capaz de sobreviver nesta terra contaminada.

Ameena esteve inativa durante longos séculos desde o Apocalipse. Especula-se que ela ficou adormecida em um casulo ou crisálida, passando por uma lenta mutação. Sua forma atual é desconhecida, mas dificilmente deve lembrar uma mulher humana.

Nas profundezas de sua cidade, a Doutora Louca cultiva e comanda legiões de monstros aberrantes, escolhendo os mais poderosos como seus servos e guardas pessoais. Não há como saber quais seriam seus objetivos, mas Ameena parece obviamente muito interessada em repovoar o Reino das Torres com suas criaturas.

ARGONDAR

À primeira vista, Argondar parece uma cidade com muitas torres e chaminés inclinadas ou caídas em ângulos variados, emprestando-lhe o aspecto de um imenso ouriço-do-mar. Um olhar mais próximo descortina uma aterradora verdade: o que parecem chaminés caídas, são na verdade canhões. Incontáveis barragens de canhões.

Argondar foi erguida em um penhasco à beira-mar, no extremo leste da Ilha Nobre. A necessidade de tão formidável cidade-fortaleza naquele ponto é desconhecida: suspeita-se que, em algum momento de sua história, os colonos darash declararam independência de sua pátria-natal — tomando posse da nova terra e declarando guerra contra seus antigos mestres. Os canhões de Argondar possivelmente afundaram muitos navios de guerra darash, e talvez até mesmo refugiados famintos das antigas terras esgotadas.

Centenas de canhões não foram capazes de deter a chegada de Morte Branca, que já havia arrasado grande parte do reino quando alcançou Argondar. Igualmente inúteis foram as frotas de máquinas voadoras lançadas contra o deus-monstro — estranhas montarias metálicas que despejavam inferno sobre suas vítimas. Os engenhos voadores caíam como moscas, fulminados pelas baforadas candentes do dragão. Incluindo o veículo operado por Herr'ec Hecatom, marechal e líder militar darash.

Milhares de soldados morreram naquele ataque. Ao longo dos séculos, milhares retornaram como mortos-vivos de muitos tipos, marchando pelas ruínas da fortaleza. Mas nenhum deles tão perigoso quanto o próprio Hecatom; hoje ele existe como um grande esqueleto negro, lava incandescente servindo-lhe de carne, emanando chamas infernais cujo toque derrete até mesmo o aço.

O Marechal Hecatom controla vastas tropas de esqueletos e zumbis, muitos deles ainda pilotando suas máquinas — agora movidas por forças sobrenaturais. Um zumbi flamejante sem mente, movido por antigos deveres? Ou uma inteligência militar brilhante, com séculos de experiência, tramando a reconquista de seu reino? Nenhum aventureiro viveu para descobrir.

Steelcog

Em meio a incontáveis ruínas darash, arrasadas pelo fogo dracônico ou devoradas pelo tempo, pelo menos uma cidade ainda está em atividade. O som de suas máquinas é audível a quilômetros, centenas de chaminés expelem escuridão imunda, rios de espuma oleosa escorrem de suas tubulações como cachoeiras viscosas.

Como poderiam máquinas tão complexas sobreviver a séculos, até milênios de estagnação? Chegando mais perto, conhecemos pelo menos parte da resposta; hordas de seres mecânicos percorrem a cidade, reparando e reconstruindo estruturas, zelando pela manutenção de fábricas — que constroem mais e mais golens.

Olhando ainda mais de perto, descobrimos uma verdade pior. Nem todos os habitantes da cidade-máquina são construtos — pelo menos, não inteiramente. Muitos parecem humanos, ou foram humanos algum dia. Partes de seus corpos são feitas de barro, pedra, metal ou mesmo pedaços de cadáveres. São antigos darash, remodelados através de ciência maldita, transformados em meio-golens. Populações destes seres, os últimos darash ainda vivos (embora não possamos realmente chamá-los assim), parecem ocupados em manter a cidade funcionando.

O responsável pela sobrevivência de Steelcog, bem como seus habitantes, é o antigo cientista conhecido como Bunkman Berenwocket. Como outros membros de seu povo, ele pesquisou meios para prolongar a vida humana, meios para assegurar a sobrevivência darash mesmo em meio ao ambiente insalubre gerado por suas próprias atividades.

O próprio Berenwocket não existe mais como um ser humano. Gradualmente substituindo membros e órgãos por partes mecânicas, hoje ele é mais construto que criatura viva, irreversivelmente mesclado à própria infraestrutura da cidade. Venceu a velhice, as doenças, a necessidade de água e comida — mas sacrificou muito de sua sanidade. Após séculos de experimentos, ele vem construindo autômatos cada vez mais poderosos e gigantescos.

Os planos de Berenwocket são obscuros, sua mente não pode mais ser compreendida por humanos. Mas é certo que ele vive em conflito com dois grandes rivais: a Doutora Louca e o Marechal Hecatom. Aberrações, mortos-vivos e construtos parecem ocupados demais lutando pelo controle das terras devastadas, para tramar qualquer coisa contra os Reinos de Moreania. Pelo menos, por enquanto...

Eu persisto. Vejo a morte e a entropia, inevitáveis, inexoráveis. Calamidade! Vejo a renovação, poderosa e necessária. Mas persisto. Meu corpo mutilado, amparado por minha ciência, é apenas uma sombra do que fui. Mas minha mente é maior, infinitamente maior, que qualquer outra mente nesta terra maldita.

Minha memória é vasta, rica. A grande jornada de meu povo até esta ilha selvagem, esperando para ser domada, civilizada. Um novo alicerce para nosso avanço. Porque somos humanos, e humanos existem para avançar. Nunca detidos. Por nada.

Nossas cidades eram maravilhas, nossos servos autômatos eram criações perfeitas. Os criamos à nossa imagem e semelhança, homens e mulheres reluzentes para saciar nossas vontades. Também forjamos ferramentas capazes de obedecer a nossas ordens. Porque somos humanos, aqueles que criam, aqueles que constroem. Somos a perfeição.

Mas o holocausto caiu sobre nós. A besta-fera sauroide de muitas cabeças e chamas candentes. O verme branco de raiva bestial primitiva e cérebro minúsculo. Dizimou o que levamos séculos, milênios, para forjar. Reduziu-nos a cinza e ferrugem e pó. Calamidade!

Era um deus. Um deus monstro. Um monstro, como todos os deuses são. Calamidade!

Deus algum nunca nos destruirá. Ainda somos darash, ainda somos senhores da carne e metal. Em meu esconderijo, minha fortaleza autômata, sobrevivi ao Apocalipse. Abraçado pelo metal, venci a velhice e doenças. Sou eterno. Os darash são eternos.

Meus yidishan são minha obra-prima. Eles são os novos darash, os novos humanos. Melhores, mais fortes, mais inteligentes.

A Doutora Louca e o Marechal Morto colocam-se em meu caminho. Pensam ainda ser darash. Não percebem que traíram nossas fundações, nossa real natureza. Calamidade!

Precisam ser destruídos. Então, serei livre para tramar vingança contra o deus-monstro e suas crias macias.

— Bunkman Berenwocket

GEOGRAFIA

RUÍNAS DARASH

Mesmo em ruínas, as estruturas darash são colossais, quase como moradias de gigantes. Salões com dez metros de altura, torres metálicas alcançando as nuvens, muralhas capazes de barrar rios, florestas de tubulações emaranhadas, estradas onde vinte homens poderiam marchar lado a lado. Há estátuas do tamanho de castelos, castelos do tamanho de cidades, cidades do tamanho de montanhas. Um viajante pode caminhar entre as ruínas durante dias, semanas ou meses, sem jamais perder de vista uma estrutura feita pela mão do homem.

Estudiosos moreau não conseguem entender onde os darash conseguiram tanta matéria-prima — simplesmente não havia rocha e metal suficientes na região. É evidente que o Povo das Torres dominava técnicas de construção que nem imaginamos. Mas, se o preço para erguer tais colossos arquitetônicos é a devastação total do mundo ao redor, é melhor que essas técnicas sejam esquecidas para sempre.

As ruínas mudam de aparência conforme a região. Em alguns pontos encontramos muralhas mais altas e espessas, tão impressionantes que caberiam vilarejos moreau inteiros sobre elas. Em outros, há infindáveis labirintos de tubulações por onde passariam baleias. Algumas cidades parecem quase inteiramente tomadas por máquinas arruinadas, devoradas pela ferrugem; outras demonstram ter sido antigas habitações, com torres capazes de abrigar milhares de pessoas.

O senso estético darash diz muito sobre esse povo. Sua arquitetura era opulenta, ambiciosa, formada por construções muito maiores que suas (prováveis) necessidades. Suas torres tentavam alcançar os céus — ou tomá-los, diriam alguns. Suas inscrições parecem contar histórias de progresso e guerras. Suas estátuas, invariavelmente imensas, retratam humanos que empunham armas ou ferramentas. É comum também encontrar estátuas dedicadas a inimigos vencidos, humilhados, acorrentados ou torturados: a raça maligna tinha prazer em observar o sofrimento de suas vítimas.

Cidades darash destroçadas formam a maior parte da "geografia" no Reino das Torres. Independente de sua função no passado, hoje elas não passam de masmorras imensas, com quilômetros de extensão, abrigando todos os tipos de monstros e tesouros em suas incontáveis câmaras e corredores.

Colinas de Detritos

Onde os darash não construíram cidades, eles jogavam fora seus dejetos. Ninguém sabe como eles preparavam sua comida, fabricavam suas poções, forjavam seus metais... mas é certo que os processos industriais de sua sociedade resultavam em grandes quantidades de lixo venenoso. Séculos de detritos foram acumulados em terrenos onde a vida nunca mais voltará a florescer, onde qualquer ser vivente morre após poucas horas de exposição.

Os campos de detritos existem na forma de colinas fétidas, estendendo-se por quilômetros, formadas por materiais que nenhum estudioso moreau sabe classificar. Muitas vezes esses materiais são combustíveis, queimam com facilidade — resultando em incêndios violentos, que escurecem ainda mais os céus. Em outros casos, a combustão ocorre muito lentamente, sem chamas, mas ainda emanando calor e fumaça pestilenta.

Colinas de detritos são instáveis, em muitos sentidos. Sem nenhuma firmeza, podem desmoronar e soterrar vítimas distraídas. Podem desabar sob os pés de viajantes, fazendo-os cair em câmaras e túneis habitados por horrores rastejantes. Podem ainda queimar, ou até mesmo explodir, sem qualquer aviso!

Uma variedade de criaturas vasculha os detritos em busca de comida. Outras, mais perigosas, usam o lixo como camuflagem para emboscar suas presas. E algumas colinas de entulho ganham vida profana, transformando-se em monstros gigantescos.

Pântanos Venenosos

Ainda existe água líquida no Reino das Torres. No entanto, todos os rios e lagos foram conspurcados além da imaginação, transformados em pura podridão cremosa. Qualquer fossa ou esgoto moreau cheira melhor que os pântanos darash.

Sujeira lançada nos rios e lagos ao longo dos séculos transformou toda a água em veneno gorduroso, sua superfície borbulhando ou emanando gases tóxicos. Beber dessa água é morte quase certa. Tocá-la, pode resultar em uma variedade de moléstias — uma coceira inofensiva, uma queimadura ácida, ou contágio por antigas pragas darash. Por sua consistência estranha, é muito difícil nadar nestas águas, mesmo para uma criatura bem protegida contra seus efeitos.

A maior parte dos grandes rios neste lado do continente foi barrada por muralhas revestidas com máquinas; estudiosos dos Reinos acreditam que tais máquinas serviam, de alguma forma, para roubar a força das águas correntes — transformando essa força em alimento para as máquinas e fábricas. Quando o ciclo natural das águas foi interrompido pelas represas e outros obstáculos, os grandes rios cessaram de correr. Os poucos riachos e cachoeiras ainda existentes criam, com sua agitação, grandes massas de espuma mal-cheirosa que às vezes engolfam cidades inteiras. Levadas pelo vento, as "tempestades de espuma" são uma ameaça aos viajantes, capazes de sufocar e envenenar.

Peixe algum vive no Reino das Torres. Suas águas são habitadas por horrores com tentáculos, vindos de profundezas cósmicas inimagináveis, antigos como o tempo — ou apenas gerados pela sujeira antinatural em poucos instantes, abominações nascidas da pestilência. Monstros asquerosos de todos os tamanhos emergem de tempos em tempos, levando terror e matança às terras emersas.

Encontros

O viajante que percorre o Reino das Torres deve estar pronto para enfrentar uma variada infestação de monstros. Em comum, quase todos têm sua incompatibilidade completa com a vida natural, seja humana ou animal.

Mortos-vivos são praticamente uma infestação local. Toda a raça darash morreu de forma violenta nas chamas de Morte Branca, ou pereceu em agonia lenta por fome, sede ou doença. Em qualquer dos casos, o povo maligno que odiava os deuses não teve sua passagem para o além-túmulo permitida (ou desejada); é possível que existam milhões de mortos-vivos darash em meio às ruínas.

Além de esqueletos, zumbis, carniçais e outros monstros mais "fracos", também encontramos aparições, múmias, vampiros, fantasmas... de todos os tipos conhecidos, e muitos desconhecidos. Existe até mesmo o ocasional lich, cuja verdadeira origem é um mistério, uma vez que os darash não praticavam qualquer forma de magia.

Golens são outra ameaça constante. Antigos servos dos darash, foram feitos para durar e muitos deles ainda são operacionais. São extremamente cobiçados por aventureiros, devido aos altíssimos preços que atingem em alguns pontos dos Reinos. Infelizmente, a reação de um golem reativado é sempre imprevisível. Meio-golens, por outro lado, são quase sempre assassinos insanos — resultado do processo que transformou seres humanos em construtos.

Quase todos os demais habitantes da região são monstros aberrantes, antinaturais, criados por outros monstros (como a Doutora Louca) ou formados a partir da imundície. Limos e gosmas são comuns, formando grandes colônias ou atingindo quilômetros de extensão. Plantas monstruosas crescem nas escassas florestas. Horrores com tentáculos e mandíbulas gotejantes de muco aguardam nas ruínas, esperando pela chegada do próximo grupo de aventureiros.

Os Seis Arquipélagos

A vasta Ilha Nobre abriga uma variedade de terrenos e povos comparável a um verdadeiro continente. Mesmo assim, ela não contém todas as terras e povos moreau. É apenas a porção central, maior, de um vasto arquipélago — são literalmente milhares de ilhas menores. Algumas tão pequenas que mal abrigam poucos ninhos de gaivota, outras do tamanho de pequenos países. Micro-mundos com suas próprias comunidades e criaturas.

A necessidade de alcançar e conectar tantas ilhas tornou os moreau um povo exímio em navegação. Desde remadores solitários que atravessam as ondas em caiaques e canoas, a capitães habilidosos em evitar recifes mesmo no comando de grandes navios, ou ainda cavaleiros de criaturas marinhas. Ainda assim, incontáveis ilhas permanecem isoladas. Algumas esperando descoberta, outras escondendo ameaças que é melhor deixar em paz.

Muitas coisas importantes em Moreania são baseadas no número três (e seus múltiplos). A Ilha Nobre tem três regiões principais. Os Reinos são formados por três nações. Três atributos diferenciam os moreau dos animais — mão, mente e magia. Seis heróis descobriram a Cidade Suspensa de Prendik, que tem seis imensos pavimentos. Três grandes vilões governam o Reino das Torres, e três raças goblinoides formam os ghob-kin.

Assim, talvez não por coincidência, as ilhas são congregadas em seis grandes grupos.

As Colônias. Próximas à costa noroeste da Ilha Nobre, são aquelas mais densamente povoadas. Têm esse nome porque quase todas são colônias de Luncaster; algumas querem independência, enquanto outras partilham seus bens com o reino-capital sem maiores conflitos. Ainda existem, no entanto, muitas ilhas selvagens no arquipélago.

Ilhas Drake. Um denso e vasto agrupamento vizinho à costa norte. Próximas às Montanhas de Marfim, apresentam o mesmo tipo de terreno rochoso, inóspito e instável — novas ilhas vulcânicas nascem todos os anos, enquanto outras são engolidas pelo oceano. São território de homens-lagarto, que existem aqui em vastos reinos, muitas vezes governados por dragões, gigantes e outros monstros. Todos estes fatos, somados a uma extrema concentração de recifes, tornam quase impossível a navegação.

Ilhas Bernard. Trazem o nome de um antigo aventureiro moreau, líder dos aventureiros que descobriram e exploraram grande parte destas ilhas na costa nordeste — antes de seu misterioso desaparecimento. Quase todas são habitadas por aberrações marinhas, que rastejam para fora das águas contaminadas à volta do Reino das Torres. Outras *são* aberrações marinhas gigantescas, vivas ou mortas. Ou mortas-vivas.

Ilhas Dominique. No extremo sudoeste da Ilha Nobre, também foram nomeadas em honra à sua desbravadora, uma herdeira do búfalo (coisa que muitos acham surpreendente). Poucas destas belas ilhas tropicais foram colonizadas pelos Reinos; muitas apresentam grande concentração de ruínas, onde os selvagens ghob-kin se escondem.

Ilhas Atrozes. Entranhado ao litoral sul da ilha-continente, este arquipélago vulcânico poderia oferecer uma ligação mais segura entre a costa sul de Brando e o Reino das Torres. No entanto, como seu nome indica, as ilhas são habitadas por bestas ferozes e primitivas. Seriam, também, a controversa terra-natal dos elfos, anões e halflings de Moreania.

Ilhas Darash. Este pequeno agrupamento oferece pistas valiosas sobre o Povo das Torres — porque é quase totalmente formado por ruínas e máquinas imensas. Devido a esse fato, é bem possível que os darash tenham alcançado a Ilha Nobre pela costa sudeste, mais tarde espalhando-se por toda a região. Artefatos importantes podem estar escondidos aqui, mas poucas expedições a estas ilhas foram bem-sucedidas.

Como qualquer explorador experiente dirá, esta é uma classificação grosseira. Julgar uma ilha apenas pelo grupamento ao qual pertence é um erro; cada ilha de Moreania é única, reserva suas próprias surpresas, perigos e peculiaridades. Uma fortaleza sahuagin pode estar sediada no coração das Colônias, enquanto uma população de fadas enxameia uma das Ilhas Drake.

Além disso, um sem-número de ilhas menores, mais distantes e separadas, não pertence a nenhum dos grandes grupos. Nem todas as ilhas foram descobertas, e menos ainda mapeadas. Algumas são separadas entre si por poucas centenas de metros — podem ser literalmente alcançadas a nado —, enquanto outras requerem semanas de navegação.

Por seu isolamento, cada ilha pode abrigar animais e monstros únicos, exóticos, não encontrados em nenhum outro lugar do mundo. Tais criaturas talvez tenham sido esculpidas pela Mãe Natureza, vomitadas pelo Indomável, nascidas de deuses menores, moldadas por conjuradores insanos, ou ainda geradas por algum fenômeno sobrenatural. Algumas ilhas são até mesmo habitadas por povos moreau que não descendem dos Doze Animais — sua origem é um completo mistério, explicada apenas por seus próprios mitos.

Algumas ilhas de Moreania notáveis são descritas a seguir. Não são as maiores, nem as mais conhecidas, importantes ou estranhas; apenas exemplos da variedade estonteante que estes pequenos mundos podem demonstrar.

gança contra os humanos. Os monstros procriaram rápido. Os jovens aprendiam com os mais velhos sobre a covarde vitória humana, sobre como matariam os malditos intrusos e retomariam seu lar.

Novamente em grande número, bandos de sahuagin voltaram a saquear não apenas as embarcações que chegam e partem, mas também suas aldeias mais próximas da costa. A matança esconde um fato que parece sem importância, mas logo provará sua gravidade: as marés parecem cada vez mais altas...

Tamagrah
A Ilha Viva

Localização: variável; veja adiante.

Morfologia: muitos acreditam que Tamagrah é uma ilha especial, por estar sempre em movimento, quase nunca encontrada duas vezes no mesmo lugar. Na verdade ela é muito mais especial por outra razão: a ilha é na verdade uma imensa criatura aquática.

Também chamada Terra Derivante, Zaratan ou Ilha Viva, esta criatura lembra uma tartaruga marinha gigantesca. Talvez seja uma criatura única, ou membro de uma espécie rara, ninguém sabe ao certo — mas Tamagrah é venerada como divindade protetora por seus próprios habitantes, e também acolhe devotos em outros lugares por onde passa.

Tamagrah permanece eternamente submersa, apenas a porção superior de sua carapaça aflorando acima d'água. E mesmo essa pequena parte de seu corpo — uma porção quase circular com 8km de diâmetro — é mais que suficiente para suportar vida animal e vegetal em ecossistemas inteiros.

História: a crença comum roga que Tamagrah nasceu em uma época muito anterior ao surgimento dos moreau. Certa tarde, vários ovos de uma tartaruga marinha chocaram em uma praia. Dúzias de filhotes correram apressados para o mar, mas quase todos foram apanhados por gaivotas, lagartos, caranguejos e outros predadores. Apenas um alcançou as ondas em segurança.

A Dama Altiva, orgulhosa de suas criações, caminhava ali perto. Ela apanhou o pequeno sobrevivente, premiou-o com um beijo e devolveu-o ao mar. Desde então, aquela que seria Tamagrah viveu incontáveis milênios, crescendo cada vez mais, até atingir seu tamanho titânico atual. Com o tempo, gaivotas vieram fazer ninhos, crustáceos vieram roubar seus ovos, iguanas vieram devorar os crustáceos, gaivotas devoravam os ovos dos iguanas, e o ciclo da vida instalou-se.

Estudiosos moreau que estiveram na ilha afirmam: há evidências de que ela submerge de tempos em tempos, causando uma catástrofe que expulsa ou extermina toda a vida em seu dorso. Outros dizem que a criatura vive em estado letárgico, como fazem muitos répteis aquáticos; seu metabolismo é tão lento que quase não podemos perceber sinais de vida (seu coração imenso bate poucas vezes por semana).

Seja qual for a verdade, Tamagrah manteve-se estável o bastante para oferecer poderes divinos a seus devotos, e também ser habitada por seus próprios povos.

Personalidades e Pontos de Interesse: três tribos fazem da Ilha Viva seu lar: os amistosos e gentis aruhana, devotados a adorar Tamagrah e sua mãe, a Dama Altiva; os cruéis e intolerantes holok, dissidentes maléficos dos Aruhana, adoradores do Indomável; e os estranhos quellons, compostos por uma raça solene e reclusa de homens-tartaruga.

Tamagrah apresenta quatro grandes praias principais. A Praia da Vigia fica em sua parte frontal, logo acima da cabeçorra submersa — é dominada pelos holok, que estabeleceram ali seu território. A Praia do Trovão, na lateral esquerda, é habitada pelos aruhana; ali eles podem sentir os raros e poderosos batimentos cardíacos de Tamagrah. A Praia dos Iguanas, na lateral esquerda, é o melhor lugar para caçar estes lagartos marinhos. E na Praia Reversa, na região traseira, as ondas muitas vezes correm em direção contrária (devido ao movimento propulsor das imensas nadadeiras).

A região central é pontuada por picos íngremes, pontiagudos — na verdade, projeções da carapaça — que emergem acima da vegetação. Aqui é onde os reclusos quellons tipicamente se escondem, afastados dos conflitos entre as outras tribos. Existem ainda os perigosos campos de cracas, onde uma queda pode resultar em cortes profundos causados pelas conchas cortantes; e o rio Quelonaqua, de gosto salobro, mas suficiente para hidratar os habitantes.

Encontros e Aventuras: rumores dizem que, em certos pontos da ilha, há passagens que levam ao interior da criatura. Estas masmorras orgânicas são extremamente perigosas, habitadas por seres que o mundo exterior nunca conheceu — monstros escondidos ou defesas naturais de Tamagrah, ninguém sabe. Histórias ainda mais fantásticas (ou absurdas) falam de órgãos internos grandes o bastante para abrigar cidades, habitadas por seres aberrantes.

Uma ameaça muito mais real e imediata que a própria ilha são os conflitos tribais que ocorrem sobre ela. Enquanto os aruhana plantam, constroem e aceitam visitantes de bom grado, os holok apenas saqueiam, destroem e atacam forasteiros. Em meio a tudo isso os quellons permanecem distantes, cultivando uma arrogante neutralidade.

A localização exata da ilha é incerta; os poucos aventureiros que a visitaram (e voltaram com vida) fazem declarações conflitantes. Alguns suspeitam que seja na verdade um semiplano, acessível apenas através de magia específica. Outros dizem que a ilha desaparece e surge em lugares diversos, de forma sobrenatural. Mas quase todos acreditam em uma verdade simples: ninguém visita (ou abandona) a Ilha do Barão sem permissão de seu senhor, o Deus da Morte.

História: a Ilha do Barão recebe esse nome por ser o lar de Samoieda, o Deus da Morte. Aqui é onde ele recebe as almas dos falecidos, antes de sua jornada final para os jardins da Dama Altiva ou o abismo do Indomável.

Mas o Barão é um Deus da Morte desleixado, e nem um pouco apressado; sua ilha é infestada de mortos-vivos que aguardam pelo julgamento, vagando sem destino ou descanso pelos pântanos. O próprio Samoieda não permanece aqui muito tempo — embora tenha o poder de manifestar-se na ilha sempre que quiser. Dizem que, para chegar à Ilha do Barão, basta cavar uma cova suficientemente funda.

Na falta de seu mestre, a ilha é um dos lugares mais perigosos do mundo, onde hordas de zumbis, esqueletos e carniçais rastejam famintos por vítimas. Mas a presença do Barão, ironicamente, enche o lugar de "vida"; os mortos ignoram quaisquer intrusos e entregam-se a loucas festas e danças! Nestas ocasiões o Barão desafia seus escolhidos para duelos de charadas, quando o destino de suas almas será decidido.

Personalidades e Pontos de Interesse: exceto pelo próprio Samoieda, pouca gente "vive" na ilha. Mesmo seu bem-humorado senhor é raras vezes visto por aqui.

Criaturas inteligentes falecidas em Moreania ressurgem aqui, emergindo dos pântanos nas mesmas condições em que foram enterradas (os moreau enterram seus mortos, justamente, para assegurar que cheguem ao Barão e recebam seu julgamento). Estas criaturas, caso sejam levadas da ilha, simplesmente voltam à vida.

No entanto, aqueles que desejam salvar seus entes queridos devem se apressar. Os mortos na ilha preservam a inteligência e memórias que tinham em vida, mas deterioram com o tempo; perdem 1 ponto de Inteligência permanente a cada mês. Quando sua Int chega a 0, tornam-se monstros sem mente e não podem mais ser levados de volta (removidos da ilha, continuarão sendo mortos-vivos).

Os mortos podem adiar a deterioração devorando carne humana! Matar e devorar uma criatura inteligente (Int 3 ou mais) impede a perda de inteligência durante mais um mês — obviamente, este é um ato Maligno! Por esse motivo, todo ser vivo que entra na ilha é prontamente atacado por seus habitantes, exceto quando o Barão vem distraí-los com sua folia...

Por incrível que pareça, algumas pessoas vivas habitam este lugar. Necromancia é uma prática muito incomum e temida nos Reinos — a Ilha do Barão é um bom lugar onde praticar o controle sobre os mortos, e também manter-se longe de heróis. Aqui, magos erguem torres magicamente protegidas contra a investida dos monstros. Madame Ruína [herdeira do morcego, Maga Necromante 13, NM] é a mais conhecida praticante de artes necromânticas presente na ilha, senhora de numerosos fantasmas e zumbis (curiosamente, um grupo de aventureiros alega ter destruído esta mesma vilã anos atrás...).

Encontros e Aventuras: nenhuma lei governa a Ilha do Barão. Aqueles capazes de alcançá-la são livres para fazê-lo quando quiserem, se tiverem os meios. São também livres para levar consigo as almas que encontrarem; o Barão admira heróis leais que desafiam grandes perigos para resgatar alguém da morte (e nestes casos, o "generoso" Barão se encarrega de fornecer os grandes perigos...).

Allesia
A Ilha dos Semi-humanos

Localização: Ilhas Atrozes.

Morfologia: Allesia fica no extremo sul do arquipélago Atroz, afastada do continente mais de 700km — partindo da costa sudeste de Brando, são ao menos de 10 dias de viagem por mar. É uma jornada difícil, através de numerosas ilhas menores e recifes.

É uma das maiores Ilhas Atrozes, arredondada, medindo cerca de 150km de diâmetro. Sua formação é vulcânica, mas — como ocorre com quase todas as outras ilhas no arquipélago — não apresenta qualquer atividade sísmica há muitos séculos. Seu vulcão central está extinto, uma mata luxuriante tomando o fértil terreno vulcânico à volta.

História: a procedência do povo de Allesia talvez seja a mais mítica, controversa e cheia de polêmicas em toda a história dos Reinos. O Conselho Druida apenas considera a história "absurda", enquanto devotos mais fanáticos dos Irmãos Selvagens chegam a reagir com violência. Porque, caso seja verdadeira, esta lenda conflita com as próprias origens do povo moreau.

Diz a fábula que, quando os Doze Animais míticos foram transmutados em humanos, a notícia do milagre alcançou as terras e mares mais distantes. Outros animais também fizeram esse pedido aos deuses, desejaram possuir a mão, a mente e a magia. Seu pedido foi prontamente negado; a Dama Altiva e o Indomável, ambos, arrependiam-se pela criação dos moreau. Não queriam ver, maculados, mais de seus filhos selvagens. Eles permaneceriam inocentes e instintivos.

Certa vez, a Mãe Natureza visitou a ilha Allesia — muito antes que houvesse ali quaisquer seres falantes para dar-lhe este nome. Na ocasião, ela vestia um rosto e corpo diferentes de sua elegância habitual; era uma pequena fada, as asas brilhantes de inseto zumbindo alegria. Foi recebida por um guaxinim, um tatu, e um lince. Os três pediram para ser humanos. Ela disse "não".

Mas a Dama, conhecida por sua bondade, ficou de coração partido. Então decidiu: eles não poderiam ser humanos como os demais, não poderiam ser moreau. Mas poderiam ser algo diferente. Não algo novo, mas antigo. Raças que a Dama sabia existir em terras distantes, convivendo com os humanos de lá.

O pequeno e furtivo guaxinim, ela tornou um halfling.

O forte e rigoroso tatu, ela tornou um anão.

E o elegante e astuto lince, ela tornou um elfo.

O resultado, muitos já poderiam prever. Por suas diferenças extremas, estes três povos logo formaram suas próprias comunidades isoladas, afastando-se gradualmente de seus "irmãos". Tomaram três grandes ilhas próximas, erguendo ali suas próprias cidades. E brigam entre si pelo controle de Allesia, a "terra santa" onde tudo começou.

A imensa maioria dos moreau rejeita totalmente essa história. Claro, *existem* semi-humanos nos Reinos, não há dúvidas sobre isso — mas todos sabem que eles são estrangeiros, nativos da distante terra de Arton. Foram criados por seus próprios deuses, e chegaram até aqui de formas diversas. A Dama nunca criou semi-humanos. Nunca!

Personalidades e Pontos de Interesse: existe, entre os estudiosos do mito, uma suspeita. Talvez a Dama não tenha, realmente, tornado estes três animais em novas raças. Talvez tenha sido uma divindade menor, local.

É difícil confirmar qualquer coisa. Os povos semi-humanos são misteriosos, reclusos — muito poucos entre eles visitam os Reinos e, quando o fazem, raramente partilham os segredos de suas origens. Sabe-se, no entanto, que eles veneram uma face desconhecida da Dama Altiva, a princesa-fada Allesia'nalla.

Talvez esta fada, séculos atrás, tenha criado os semi-humanos como seus adoradores ou vassalos, para tornar-se deusa. Talvez seja uma impostora. Ou uma face legítima da Dama. Ou ainda sua própria filha, uma semideusa. Seja como for, Allesia'nalla é considerada uma legítima deusa menor em Moreania, oferecendo poder mágico divino para seus devotos. Ela pode ser encontrada nas florestas de Allesia, cercada de animais e criaturas mágicas, especialmente outras fadas.

Apesar de suas diferenças — e suas constantes disputas pelo favoritismo da deusa —, os semi-humanos vivem em relativa harmonia. Não competem por terreno: os halflings vivem em tocas nas planícies, os anões escavam túneis nas montanhas, e os elfos cultivam vilarejos acima das árvores. Também não fazem guerra entre si, pois ferir ou matar seus irmãos faria Allesia'nalla triste. Mesmo assim, consideram-se grandes rivais e embrenham-se em todo tipo de disputa e competição.

Encontros e Aventuras: os semi-humanos são desconfiados (talvez invejosos?) quanto aos moreau. Preferem manter distância, bem escondidos em suas tocas, montanhas ou florestas — muito poucos decidem se aventurar em terras distantes. Visitantes normalmente não são bem-vindos; nestas ocasiões de emergência, elfos, anões e halflings esquecem suas próprias diferenças e trabalham juntos contra os estrangeiros.

Embora os moreau sejam respeitosos com a natureza, os semi-humanos são ainda mais. Suas habitações são realmente ocultas, mescladas à paisagem natural, muito difíceis de encontrar (mais uma razão para que muitos duvidem de sua origem polêmica). Algumas, abandonadas, oferecem masmorras que podem esconder mistérios e tesouros.

Aventureiros também podem esperar encontros com vários tipos de fadas e — assim como no resto do arquipélago — animais atrozes.

Islethid
Ilha dos Pesadelos

Localização: Ilhas Darash.

Morfologia: Islethid é uma ilha pequena, tenebrosa, em meio a tantas outras ilhas tenebrosas no arquipélago. Está sempre envolta em névoas oleosas, as ondas rastejando lentas e pegajosas em suas praias, como se fossem coisa viva. Talvez sejam, ninguém tem certeza.

A maior parte da ilha é cercada por escarpas sinistras, de rocha escura e cortante, com a aparência perturbadora de ossos imensos, quebrados. Em suas áreas mais internas, o solo viscoso serve de substrato para uma vegetação estranha, bulbosa e gotejante de muco fétido. Árvores desfolhadas, com cascas petrificadas e úmidas, parecem pulsar e brilhar em ritmo muito lento. Aqui e ali, cavernas segmentadas que mais parecem gargantas levam às profundezas desconhecidas.

História: como numerosas outras ilhas darash, Islethid é uma agressão aos sentidos de qualquer criatura dos deuses, uma ofensa ao próprio mundo natural. Se ela emergiu das águas pestilentas como uma carcaça de baleia, ou foi transmutada por forças aberrantes, ninguém sabe dizer.

Poucos exploradores ousaram pisar no lugar repulsivo, e mesmo estes tiveram experiências horrendas. Mais tarde, descreveram uma presença antinatural, proibida, que penetrava em suas mentes. Eram atacados por ilusões e pesadelos, esmigalhando sua determinação. Após alguns dias e noites de pavor, com os nervos reduzidos a pasta rala, nenhum moreau consegue permanecer na ilha por muito mais tempo.

Entre as alucinações que atacavam os exploradores, um tema recorrente: humanoides altos, macabros, olhos de inteligência aguda em meio à massa de tentáculos que usam como rosto.

Certa vez, um aventureiro — membro de uma expedição patrocinada pelo Museu Narvhal de Prendick — ousou penetrar nas cavernas escuras e gotejantes de Islethid. Talvez fosse louco desde sempre, ou talvez o delírio tenha despedaçado seu bom-senso, levando à demência. O fato é que, antes de conseguir alcançá-lo, seus companheiros ouviram com terrível nitidez os sons de sua morte. Nunca haviam escutado nada parecido, mas de alguma forma tinham certeza sobre a natureza dos ruídos: um crânio perfurado, e um cérebro sugado.

O corpo nunca foi encontrado. Nem mesmo procurado. Ninguém nunca teve quaisquer dúvidas que precisassem ser confirmadas.

Personalidades e Pontos de Interesse: com certeza, algum tipo de criatura aberrante vive em Islethid. Uma inteligência malévola, intensa, cujos tentáculos alcançam e torturam as mentes de qualquer moreau nas proximidades. Um monstro único, ou uma raça inteira? Talvez a própria ilha? Não se sabe. Na falta de termo melhor, a criatura é chamada apenas de "devorador de mentes".

Ainda mais misteriosa que sua natureza, são suas origens. Seria o devorador um remanescente da raça darash, transmutado pela corrupção e pestilência que até hoje emanam do Reino das Torres? Seria outra criação de Ameena Anom'lie, a Doutora Louca, mãe das aberrações? Ou sua procedência seria ainda mais distante no tempo e espaço? Um segredo terrível, que moreau algum deve jamais conhecer?

Poucos, muito poucos, viajam voluntariamente até Islethid. No entanto, aqueles que vivem de rastejar em masmorras conhecem histórias sobre pessoas atacadas por pesadelos, lentamente levadas à loucura por visões de paisagens e criaturas revoltantes. Estas infelizes vítimas são levadas a procurar pela ilha, mergulhar em suas cavernas, e nunca mais são vistas.

Está claro, o devorador de mentes tem planos e intenções que não entendemos. Ele expulsa certas pessoas, enquanto atrai outras para a morte (ou destino pior).

Encontros e Aventuras: sem qualquer pista sobre a natureza e poderes dos senhores de Islethid, apenas os mais imprudentes aventureiros ousam desbravar a ilha. Aqueles que o fazem, em geral não buscam tesouros; eles tentam resgatar alguma vítima insana, atraída pelo enlouquecedor chamado mental. Ou então suspeitam que a escuridão esconde uma ameaça terrível e urgente que precisa ser desvendada.

O devorador de mentes é, por certo, a maior ameaça na ilha. No entanto, suas águas e terras emersas são também habitadas por numerosas aberrações.

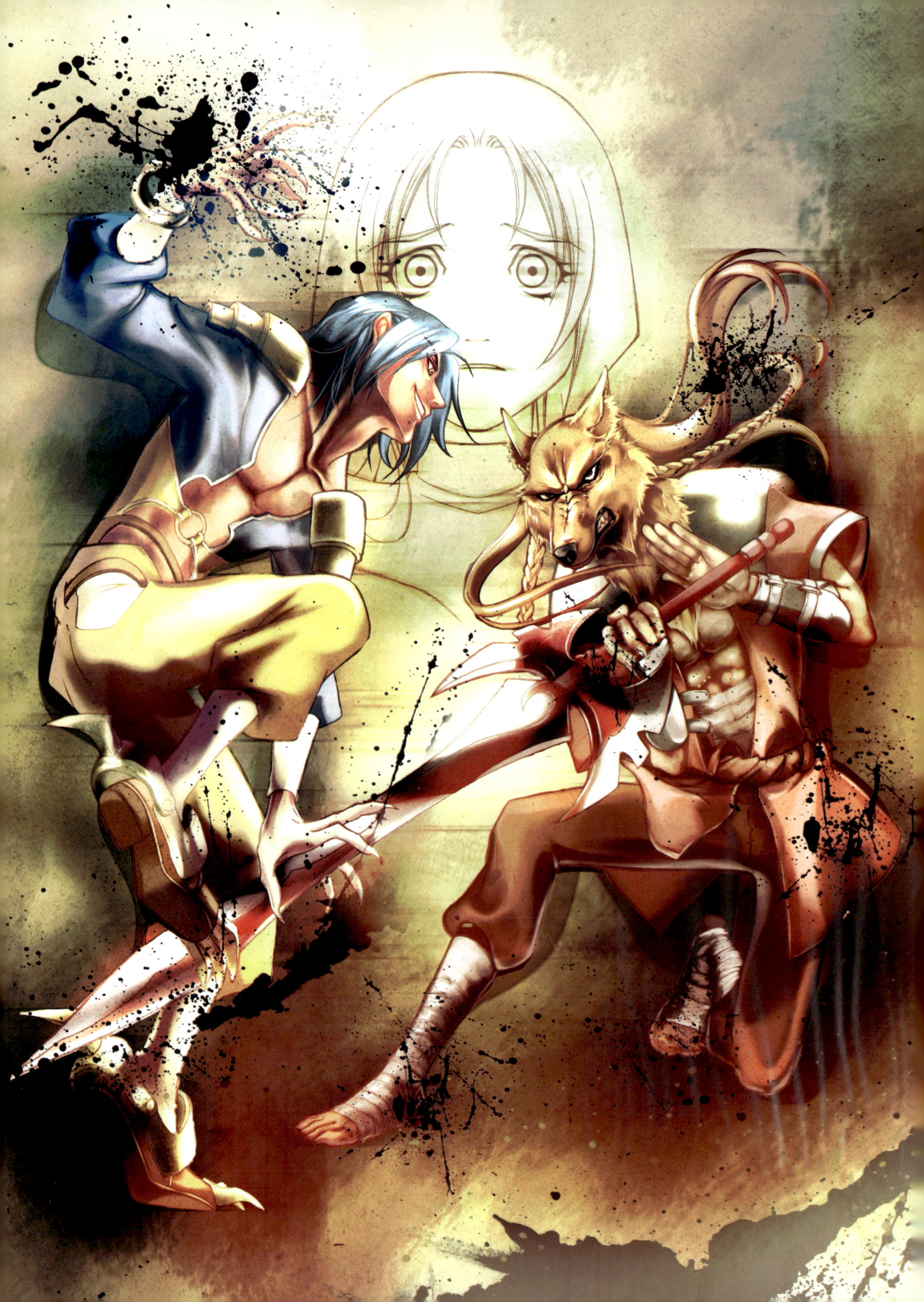

Capítulo 3: Bestiário

Este capítulo traz descrições e fichas de criaturas que habitam os Reinos de Moreania.

Barghest — ND 4

Os barghest são nativos do Abismo do Indomável, onde são considerados pragas, assim como os habitantes de Moreania tratam os goblins.

Em sua forma natural, estas monstruosidades lembram uma combinação de goblin e lobo; um humanoide grotesco e peludo com feições animalescas, longas orelhas, boca repleta de presas afiadas e patas com garras. Um barghest pode caminhar sobre duas ou quatro patas.

Barghests preferem atacar vítimas em Moreania, onde os seres inteligentes são mais fracos que em seu mundo natal. Costumam se infiltrar em comunidades goblins, tomando rapidamente a liderança. Os mais astutos até mesmo usam seu poder de mudar de forma para aliar lobos e goblins.

Mas a habilidade mais perigosa de um barghest é a capacidade de devorar a vítima. Quando o monstro vence um oponente, pode consumir sua carne e força vital, aumentando sua própria força.

Espírito 6, Médio, Neutro e Maligno

Iniciativa +11

Sentidos: Percepção +11, visão no escuro, faro.

Classe de Armadura: 17 (+3 nível, +2 Des, +2 Con).

Pontos de Vida: 42.

Resistências: Fort +7, Ref +7, Von +7, redução de dano 5/mágica.

Deslocamento: 9m.

Ataques Corpo-a-Corpo: mordida +9 (1d6+6) ou 2 garras +7 (1d4+6) e mordida +7 (1d6+6).

Habilidades: For 17, Des 15, Con 15, Int 14, Sab 14, Car 14.

Perícias: Atletismo +12, Enganação +11, Furtividade +11, Intimidação +11.

Devorar: se o barghest matar uma vítima humanoide, pode devorar o cadáver gastando uma ação completa. Quando um barghest devora três humanoides de nível igual ou superior ao seu, avança um nível, e recebe um bônus de +1 na Força, Destreza e Constituição.

Magias (M): 2º — *confundir detecção*; 3º — *fúria*; 4º — *desespero esmagador*, *enfeitiçar monstro*, *porta dimensional*. PM: 20. CD: 12 + nível da magia.

Mudar de Forma: o barghest pode assumir a forma de um goblin, lobo ou de volta para barghest como uma ação padrão. Na forma de goblin, seu tamanho muda para Pequeno (com todos os bônus e penalidades), e não pode atacar com mordida ou garras — mas pode usar armas simples e marciais e vestir armaduras leves e médias. Na forma de lobo, não pode atacar com garras, mas seu deslocamento muda para 15m.

Tesouro: padrão.

Cão Abissal — ND 3

Este monstro flamejante e maligno lembra um grande cão vermelho e negro, com labaredas emanando pela bocarra feroz. Cães abissais às vezes escapam do Abismo do Indomável e escondem-se em masmorras, onde vagam em busca de presas, sozinhos ou em pequenas matilhas. Às vezes também podem ser encontrados a serviço de servos do Indomável, oferecidos como recompensa por um sacrifício ou missão bem-sucedida. Eles não falam, mas compreendem o idioma abissal.

Cães abissais são caçadores eficientes. Um ou dois deles distraem a presa, enquanto os restantes atacam pelas costas. Quando suas vítimas fogem, os cães seguem sua pista.

Espírito 4, Médio, Caótico e Maligno

Iniciativa +10

Sentidos: Percepção +12, faro, visão no escuro.

Classe de Armadura: 18 (+2 nível, +3 Des, +3 Con).

Pontos de Vida: 28.

Resistências: Fort +7, Ref +7, Von +5, imunidade a fogo, vulnerabilidade a frio.

Deslocamento: 12m.

Ataques Corpo-a-Corpo: mordida +8 (1d6+5 mais 1d6 de fogo).

Habilidades: For 17, Des 17, Con 17, Int 6, Sab 12, Car 6.

Perícias: Sobrevivência +8 (+12 para rastrear).

Sopro: com uma ação padrão, o cão abissal pode cuspir fogo em um cone de 4,5m. Criaturas na área sofrem 2d6+2 pontos de dano de fogo. Um teste de Reflexos (CD 15) reduz o dano à metade. Depois de usada, esta habilidade estará disponível novamente em 1d4 rodadas.

Tesouro: nenhum.

Construtos

Autômatos, golens, homúnculos... Eles têm muitos nomes, e existem em muitos tipos, mas em essência são a mesma coisa. Criaturas artificiais, forjadas pela mão mortal que tenta — em vão — imitar os deuses.

Os darash eram mestres na fabricação de construtos. Sem qualquer respeito ou temor pelos deuses, este povo jamais permitiu que limites morais ou éticos refreassem suas pesquisas. Aprenderam a reconhecer e capturar as misteriosas criaturas elementais, semi-inteligentes, que habitam outros planos. Descobriram formas de processar essas entidades de energia bruta, transformando-as em gemas e cristais crepitantes de força. E usaram essa força para mover suas máquinas, veículos e servos mecânicos.

Esta é a verdade sobre os construtos. Mesmo com a fantástica ciência darash, criar vida é impossível para humanos — então eles a roubavam. Capturavam seres extraplanares de energia pura, trancafiando-os em suas máquinas. Usavam sua energia elemental como força propulsora para o corpo, e sua quase-consciência como uma mente rudimentar, capaz de obedecer a ordens simples.

Populações inteiras de construtos serviam aos darash como trabalhadores, soldados ou veículos. Existiam em todos os tamanhos e formas; muitos eram humanoides, para melhor usar as armas e ferramentas existentes em sua sociedade, mas também havia os quadrúpedes como cavalos, os grandes cargueiros, os destruidores de florestas, as montarias aladas. Havia até mesmo pequenos ajudantes, para serviços domésticos ou simples entretenimento.

Os darash morreram, mas seus construtos eram resistentes. Muitos aguardam, pacientes, novas ordens de seus mestres. Outros vagam através das ruínas, imprevisíveis, atacando qualquer coisa que se mova.

Os moreau mais religiosos rejeitam tudo ligado aos darash, consideram os construtos como artefatos malditos. Mas outros tantos avaliam os golens como um tesouro sem igual (muitas vezes sem conhecer sua verdadeira natureza), movimentando todo um mercado. Aventureiros viajam ao Reino das Torres para resgatar construtos, sejam contratados por patronos poderosos, seja para equipar (ou integrar, conforme o caso) suas próprias equipes. E os artífices, ainda mais audaciosos (ou tolos), pesquisam técnicas para recriar esses seres.

Além de poder criar seus próprios construtos com as regras para autômatos vistas no talento Construir Autômato, os seguintes construtos podem ser encontrados em Moreania: golem de ferro, soldado mecânico (*Bestiário de Arton Vol. 1*); dançarino da água, dínamo, golem de bronze, golem de espelhos, horror blindado, sala da morte (*Bestiário de Arton Vol. 2*).

Chuul — ND 7

Esta abominação aquática infesta não apenas o Reino das Torres, mas também pode ser encontrada em outras partes de Moreania, sobretudo rios e lagos subterrâneos — onde aguarda a aproximação de vítimas para devorá-las. Pântanos e praias também são terreno de caça para este grotesco devorador de seres inteligentes.

Sua aparência lembra uma horrível combinação de crustáceo, inseto e serpente. O corpo é revestido com uma carapaça segmentada. Tem duas grandes garras frontais, quatro patas, e uma boca de onde pendem pequenos tentáculos. Sabe falar aquan, mas raramente vai dialogar com suas presas, exceto para tentar enganá-las e devorá-las.

Monstro 11, Grande (alto), Caótico e Maligno

Iniciativa +16

Sentidos: Percepção +15, visão no escuro.

Classe de Armadura: 26 (+5 nível, +2 Des, –1 tamanho, +10 natural).

Pontos de Vida: 110.

Resistências: Fort +11, Ref +9, Von +6, redução de dano 10/perfuração e mágica.

Deslocamento: 9m, natação 9m.

Ataques Corpo-a-Corpo: 2 pinças +15 (2d8+10) e mordida +15 (1d6+10 mais 2d6 de ácido).

Habilidades: For 20, Des 15, Con 18, Int 8, Sab 12, Car 4.

Agarrar Aprimorado: se o chuul acerta um ataque de mordida, pode fazer a manobra agarrar como uma ação livre (bônus de +20). Uma criatura agarrada sofre –2 nas jogadas de ataque, fica desprevenida (–4 na CA) e não pode se mover. Ela pode se soltar com uma ação padrão, vencendo um teste de manobra oposto.

Anfíbio: embora o chuul seja uma criatura marinha, ele pode permanecer na superfície indefinidamente.

Constrição: no início de cada rodada, o chuul causa o dano de um ataque de mordida (1d6+10 mais 2d6 de ácido) em qualquer criatura que estiver agarrando.

Dilacerar: se o chuul acertar os dois ataques de pinça em uma mesma criatura na mesma rodada, causa mais 4d8+10 pontos de dano.

Tesouro: padrão.

Demônios

Encarnações do caos maligno, demônios são máquinas insanas de crueldade e destruição.

Por sua própria natureza inconstante, demônios existem em muitas formas. A maior parte é humanoide, mas nenhum será igual ao outro, em aparência ou poderes. Claro, alguns traços em comum persistem — asas coriáceas, pele vermelha, cascos e chifres... —, mas o caos em sua essência é tamanho que praticamente não existe um demônio padrão. Muitos são horripilantes, porque sentem prazer com o medo e sofrimento alheio; outros são belos, sedutores, para corromper outros seres e fazê-los tão malignos quanto eles próprios.

Apesar de sua extrema inteligência, demônios não fazem planos, não seguem esquemas. Pensam apenas em satisfazer seus prazeres doentios imediatos. Quando governam outros seres, o fazem pela força e intimidação. Os mais fortes comandam seus próprios feudos demoníacos: aldeias, vilas ou cidades depravadas, onde servos (ou escravos) são mantidos para o prazer sádico de seus mestres. Alguns feudos podem ser governados por um único demônio, enquanto outros abrigam populações inteiras em constantes disputas pelo poder.

Nos domínios do Indomável, assim como em outros abismos planares, demônios existem em hordas incalculáveis. Em Moreania, são encontrados mais facilmente nas Montanhas de Marfim, brotando da própria essência crua do Deus dos Monstros — ou nascidos de Lamashtu, a Rainha dos Massacres, deusa-mãe dos demônios. Seu aparecimento nos Reinos é mais raro, talvez obra de algum ritual profano.

Existem também os diabos, contrapartes ordeiras e tirânicas dos demônios, que preferem fazer pactos com mortais e roubar suas almas. Diabos, no entanto, são quase desconhecidos em Moreania.

Habilidades Comuns: todo demônio é imune a ácido e venenos, e possui resistência a fogo e frio 10.

Coxo   ND 2

Menor e mais fraco dos demônios, se arrasta sobre pernas ou patas disformes. Raramente age sozinho, servindo apenas como capanga para demônios mais poderosos ou conjuradores malignos.

Espírito 2, Pequeno, Caótico e Maligno

Iniciativa +1

Sentidos: Percepção +5, visão no escuro.

Classe de Armadura: 14 (+1 nível, +1 nível, +2 natural).

Pontos de Vida: 12.

Resistências: Fort +5, Ref +3, Von +3, imunidade a ácido e venenos, redução de dano 5/Bondosa, resistência a fogo 10 e frio 10.

Deslocamento: 6m.

Ataques Corpo-a-Corpo: 2 garras +3 (1d4+3).

Habilidades: For 14, Des 10, Con 14, Int 6, Sab 10, Car 6.

Perícias: Furtividade +9.

Invocar (M): o coxo pode tentar invocar outro coxo, com 25% de chance de sucesso. Usar esta habilidade é uma ação padrão, e ela pode ser usada uma vez por dia.

Tesouro: padrão.

Córnuden   ND 4

Por ser o mais comum dos demônios guerreiros, sua aparência remete ao demônio "clássico": corpo humanoide coberto de pelos, cabeça de bode, cascos e machado. Conhecido em Arton como "carvarel".

Espírito 8, Médio, Caótico e Maligno

Iniciativa +12

Sentidos: Percepção +4, faro, visão no escuro.

Classe de Armadura: 21 (+4 nível, +1 Des, +6 natural).

Pontos de Vida: 64.

Resistências: Fort +9, Ref +7, Von +6, imunidade a ácido e venenos, redução de dano 5/Bondosa, resistência a fogo 10 e frio 10.

Deslocamento: 9m.

Ataques Corpo-a-Corpo: machado grande +12 (1d12+13, x3) ou machado grande +10 (1d12+13, x3) e chifres +10 (1d6+13).

Habilidades: For 20, Des 12, Con 17, Int 6, Sab 11, Car 8.

Perícias: Atletismo +16.

Marrada Poderosa e Ligeira: quando faz uma investida com seus chifres, o córnuden também pode atacar com seu machado grande (ambos recebem o bônus de +2 da investida), e causa 1d6+18 de dano com os chifres.

Equipamento: machado grande.

Tesouro: padrão.

Funesto — ND 6

Assassino furtivo com lâminas no lugar dos braços, sempre procura atacar em emboscadas ou na escuridão, onde leva vantagem.

Espírito 8, Médio, Caótico e Maligno

Iniciativa +20

Sentidos: Percepção +13, visão no escuro.

Classe de Armadura: 25 (+4 nível, +5 Des, +6 natural).

Pontos de Vida: 48.

Resistências: Fort +8, Ref +11, Von +8, imunidade a ácido e venenos, redução de dano 10/Bondosa, resistência a fogo 10 e frio 10.

Deslocamento: 12m.

Ataques Corpo-a-Corpo: 2 lâminas +12 (1d8+9, 19-20).

Habilidades: For 21, Des 20, Con 15, Int 14, Sab 15, Car 10.

Perícias: Acrobacia +16, Atletismo +16, Furtividade +16, Ladinagem +16.

Ataque Furtivo: quando atinge um alvo desprevenido ou flanqueado com um ataque corpo-a-corpo, o funesto causa +3d6 pontos de dano.

Invocar (M): o funesto pode tentar invocar um córnuden, com 50% de chance de sucesso. Usar esta habilidade é uma ação padrão, e ela pode ser usada uma vez por dia.

Magias (M): 2º — detectar pensamentos, escuridão, ver o invisível. PM: 24. CD: 10 + nível da magia.

Tesouro: padrão.

Súcubo — ND 7

Demônio sedutora, que gosta de abusar de suas vítimas antes de matá-las. Prefere não entrar em combate pessoalmente, enfeitiçando outros para que lutem em seu lugar.

Espírito 6, Médio, Caótico e Maligno

Iniciativa +11

Sentidos: Percepção +11, visão no escuro.

Classe de Armadura: 23 (+3 nível, +2 Des, +8 Car).

Pontos de Vida: 78.

Resistências: Fort +6, Ref +7, Von +7, imunidade a ácido e venenos, redução de dano 10/Bondosa, resistência a fogo 10 e frio 10.

Deslocamento: 9m, voo 15m.

Ataques Corpo-a-Corpo: garra +7 (1d6+4).

Habilidades: For 12, Des 15, Con 12, Int 16, Sab 15, Car 26.

Perícias: Diplomacia +17, Enganação +21, Intimidação +17, Intuição +11, Obter Informação +17.

Atraente: a súcubo recebe +4 em testes de Diplomacia e Enganação contra qualquer um que possa se sentir fisicamente atraído por ela.

Drenar Energia: um personagem que beije uma súcubo sofre um nível negativo e um efeito de *sugestão* (CD 21), que faz com que ele peça outro beijo (que gera outro nível negativo e outro efeito de *sugestão*, e assim por diante). Um personagem que acumule tantos níveis negativos quanto seus níveis de personagem morre.

Um personagem que seja bem-sucedido no teste de resistência pode se soltar da súcubo. Entretanto, a súcubo pode beijar um personagem mesmo contra sua vontade sendo bem-sucedida num teste de agarrar (bônus +7).

Invocar (M): a súcubo pode tentar invocar 1d4 córnuden, ou um funesto, com 75% de chance de sucesso. Usar esta habilidade é uma ação padrão, e ela pode ser usada uma vez por dia.

Magias (M): 1º — *detectar o bem*; 2º — *alterar-se*; 3º — *sugestão*; 4º — *enfeitiçar monstro*. PM: 26. CD: 18 + nível da magia.

Tesouro: padrão.

JHUMARIEL   ND 10

Um sapo humanoide gigantesco, que secreta ácido e podridão por onde passa. Sargentos e comandantes de campo das legiões demoníacas, amam o combate e incitar a discórdia.

Espírito 10, Enorme (alto), Caótico e Maligno

Iniciativa +15

Sentidos: Percepção +14, faro, visão no escuro.

Classe de Armadura: 28 (+5 nível, +2 Des, –2 tamanho, +13 natural).

Pontos de Vida: 140.

Resistências: Fort +16, Ref +9, Von +8, imunidade a ácido e venenos, redução de dano 10/Bondosa, resistência a fogo 10 e frio 10.

Deslocamento: 12m.

Ataques Corpo-a-Corpo: mordida +15 (4d4+18 mais 1d8 de ácido) ou mordida +13 (4d4+18 mais 1d8 de ácido) e 2 garras +12 (1d6+18).

Ataques à Distância: cuspe +10 (2d8+5 de ácido, 18m).

Habilidades: For 29, Des 14, Con 29, Int 12, Sab 13, Car 14.

Perícias: Atletismo +22, Intimidação +15, Sobrevivência +14.

Dilacerar: se o jhumariel acerta uma criatura com as duas garras na mesma rodada, além do dano normal, vai rasgar sua carne e causar mais 2d6+18 pontos de dano.

Invocar (M): o jhumariel pode tentar invocar 1d10 córnuden, com 75% de chance de sucesso. Usar esta habilidade é uma ação padrão, e ela pode ser usada uma vez por dia.

Mau Cheiro: a pele dos jhumariel secreta um líquido tóxico e fétido. Qualquer criatura a até 6m do jhumariel (exceto outros demônios) deve ser bem-sucedida num teste de Fortitude (CD 24) ou ficará enjoada enquanto ficar na área do fedor e por um minuto depois que sair. Uma criatura bem-sucedida no teste de resistência fica imune a esta habilidade por um dia.

Tesouro: padrão.

Flamante ND 16

Este monstro alado e flamejante é um dos maiores e mais poderosos demônios conhecidos, inferior apenas à própria Lamashtu.

Espírito 16, Enorme (alto), Caótico e Maligno

Iniciativa +23

Sentidos: Percepção +25, *visão da verdade*, visão no escuro.

Classe de Armadura: 35 (+8 nível, +4 Des, −2 tamanho +15 natural).

Pontos de Vida: 320.

Resistências: Fort +22, Ref +14, Von +16, imunidade a ácido, fogo e venenos, redução de dano 15/Bondosa e adamante, resistência a eletricidade 10 e frio 10, resistência a magia +4.

Deslocamento: 12m, voo 24m.

Ataques Corpo-a-Corpo: espada de chamas +31 (3d8+36, mais 4d6 de fogo, 17-20).

Habilidades: For 39, Des 19, Con 35, Int 22, Sab 22, Car 26.

Perícias: Conhecimento (arcano) +25, Conhecimento (história) +25, Conhecimento (religião) +25, Diplomacia +27, Enganação +27, Identificar Magia +25, Intimidação +33, Intuição +25.

Acelerar Magia: uma vez por rodada, o flamante pode lançar uma magia como uma ação livre, com custo de +4 PM. A magia não pode ter tempo de execução maior que uma ação completa.

Aura de Fogo: no início do turno do flamante, cada criatura a até 6m dele sofre 4d6+8 pontos de dano de fogo.

Magias (M): 3º — *bola de fogo*; 5º — *metamorfose*, *telecinesia*; 6º — *dissipar magia maior*; 7º — *teletransporte maior*; 8º — *aura profana*, *palavra de poder: atordoar*, *tempestade de fogo*. PM: 56. CD: 18 + nível da magia.

Magias em Combate: um flamante não fica desprevenido quando lança uma magia.

Equipamento: um flamante possui uma espada de chamas, que conta como uma arma mágica de adamante que desaparece quando ele morre.

Tesouro: dobro do padrão.

Dragões

A origem dos dragões nos Reinos de Moreania é clara. Eles são descendentes diretos do Indomável, foram criados à sua imagem e semelhança, a mais perfeita expressão da selvageria. O próprio Deus-Monstro, quando se manifesta no mundo dos mortais, quase sempre escolhe a forma de um dragão.

O dragão nos Reinos difere das espécies conhecidas em terras estrangeiras. Em geral, a cor de suas escamas depende do tipo de sopro: dragão azul (eletricidade), branco (frio), negro (ácido), verde (sônico), vermelho (fogo) — dragões marinhos são praticamente desconhecidos. Porém, os brancos não são necessariamente mais fracos e nem os vermelhos mais fortes. Muitos podem soprar duas ou mais formas diferentes de energia. Por isso é difícil para os heróis moreau combater dragões, uma vez que seus verdadeiros poderes e fraquezas não podem ser totalmente revelados apenas pela cor.

O dragão de Moreania também não apresenta tendência específica. Eles têm moral e ética variada — podem ser bons, maus, leais ou inconstantes, como as pessoas. Infelizmente, quase todos são muito parecidos com seu deus criador: em geral são de tendência Neutra e Maligna, Caótica e Maligna, ou Caótica e Neutra. Dragões Bondosos são muito raros.

O dragão moreau partilha um traço comum com outras espécies de dragão, uma ganância e necessidade irracional de acumular riquezas. A maioria dos dragões tem um covil secreto, onde escondem moedas de ouro, joias, gemas e objetos mágicos. Esse tesouro pode ser adquirido de formas inofensivas, honestas (por exemplo, como oferendas de adoradores), mas a maioria prefere usar de força e intimidação para roubar ou exigir aquilo que deseja.

Dragões são mais comuns nas Montanhas de Marfim, onde estabelecem vastos territórios ou governam populações de kobolds. Mas eles também podem ser encontrados nos Reinos, onde suas relações com os moreau variam. Em muitos casos são louvados, venerados como criaturas sagradas. Outros tratam os dragões com respeito, e outros ainda os caçam para proteger os humanos de seus ataques, ou pilhar seus tesouros.

Exceto pelos detalhes já mencionados, dragões de Moreania usam as mesmas estatísticas vistas em **Tormenta RPG Módulo Básico** e no suplemento *Bestiário de Arton*.

Ghob-kin

Este é o nome pelo qual são conhecidos os membros das três grandes raças goblinoides: goblins, hobgoblins e bugbears. Certos estudos dizem que eles poderiam ter sido os senhores da Ilha Nobre, em lugar dos moreau. O mais extraordinário é que talvez eles tenham realmente sido.

Embora existam numerosas tribos formadas por apenas uma raça, estes três povos na verdade são um. Altamente especializados, desempenham funções específicas em sua sociedade. Em muitos aspectos, os ghob-kin podem ser considerados iguais (até superiores) aos próprios moreau: goblins pequenos e ágeis, hobgoblins astutos e habilidosos, bugbears fortes e vigorosos — todos mais inteligentes do que sua aparência demonstra. Juntos, funcionam com espantosa eficácia.

Todos sabem: quando os Doze Animais desejaram ser humanos, a Dama Altiva e o Indomável atenderam esse pedido com evidente relutância. Muitos acham que os deuses não queriam ver seus filhotes maculados, corrompidos pela humanidade. Mas existe uma lenda mais atrevida, quase fantástica: talvez os moreau não tenham sido os primeiros. Talvez os Irmãos Selvagens tenham criado humanoides antes. E talvez isso tenha sido um erro.

Os ghob-kin teriam sido esse erro.

Esse fato explicaria a origem de tantas construções antigas, fantásticas, encontradas em vários pontos dos Reinos — como a própria Cidade Suspensa de Prendik, cujos verdadeiros arquitetos são até hoje desconhecidos. Talvez os ghob-kin tenham sido senhores de uma poderosa civilização, muito anterior aos moreau.

Caso isso seja verdade, o que aconteceu aos ghob-kin? Como um povo tão avançado, capaz de tantas maravilhas, teria revertido a escassos povoados bárbaros? Esse misterioso destino também estaria reservado aos moreau? Essa teoria assustadora leva aventureiros à escuridão das antigas ruínas, em busca de respostas.

Independentemente de sua origem enigmática, os atuais ghob-kin são monstros sempre em busca de comida e tesouros, em geral obtidos através de matança e pilhagem em povoados moreau.

Goblins. Como em Arton, são humanoides de pequena estatura e olhos vermelhos, que brilham na escuridão. Suas tribos são lideradas por um líder ou rei que cavalga um lobo atroz ou outra criatura. Em comunidades ghob-kin, seu pequeno tamanho e furtividade natural são valorizados: atuam como rastreadores, caçadores e espiões.

Hobgoblins. Felizmente, esta raça militarista não existe em número suficiente na Ilha Nobre para formar exércitos. Tribos totalmente formadas por hobgoblins são raras; em geral eles são encontrados liderando outros ghob-kin, usando sua inteligência, instinto guerreiro e maestria em forjar armas para manter o comando. De fato, um dos mais infames vilões nos Reinos pertencia a esta raça: era Brachian, um poderoso hobgoblin guerreiro com três braços. Supõe-se que esteja morto, e seus seis artefatos — hoje conhecidos como as *Relíquias de Brachian* —, desaparecidos.

Bugbears. Assim como ocorre com outros ghob-kin, o aspecto animalesco destes monstros pode levar a uma conclusão equivocada sobre sua inteligência. Bugbears são astutos, capazes de tecer táticas e estratégias impressionantes. Aliados a batedores goblins e equipados com armas hobgoblins, são oponentes temidos por qualquer aventureiro prudente.

Goblins, hobgoblins e bugbears de Moreania usam as mesmas estatísticas vistas em Tormenta RPG.

Gigantes Moreau

Em Moreania estes monstros existem em quatro tipos, cada um ligado a um herdeiro de grande força ou vigor: búfalo, leão, crocodilo, urso. Isso pode ser evidência de que gigantes seriam moreau vitimados por alguma maldição.

Como suas contrapartes do Reinado, gigantes moreau são solitários, mau-humorados e territoriais, dominando vales ou montanhas inteiras. Consideram qualquer criatura menor como comida, e qualquer criatura de mesmo tamanho ou maior como um invasor — especialmente outro gigante. Quase todos os são estúpidos e brutais; falam seu próprio idioma gutural, e apenas aqueles com Inteligência 10 ou mais sabem falar a língua moreau. Enganá-los é fácil, mas também arriscado; um gigante confuso ou frustrado pode explodir em raiva cega a qualquer momento.

Nas Montanhas de Marfim, gigantes são inimigos naturais dos dragões — mas não se interessam em governar criaturas mais fracas. Nos Reinos, um gigante pode dominar uma vasta, destruindo vilarejos em busca de comida. Em terras distantes, sem heróis protetores, os camponeses preparam oferendas (em comida ou vítimas) para aplacar a fome do monstro. É comum que pequenas aldeias vivam sob esse terror durante anos, até que aventureiros viajantes apareçam.

Gigante Búfalo — ND 3

Exceto pela presença de chifres, são muito parecidos com os ogros do Reinado. Estúpidos e primitivos, lutam com grandes clavas.

Humanoide 4, Grande (alto), Caótico e Maligno

Iniciativa +1

Sentidos: Percepção +1, faro.

Classe de Armadura: 17 (+2 nível, –1 Des, –1 tamanho, +3 armadura, +4 natural).

Pontos de Vida: 28.

Resistências: Fort +5, Ref +1, Von +1.

Deslocamento: 9m.

Ataques Corpo-a-Corpo: tacape +9 (2d8+8) ou tacape +5 (2d8+8) e chifres +5 (1d8+8).

Habilidades: For 23, Des 8, Con 16, Int 6, Sab 9, Car 7.

Perícias: Sobrevivência +6.

Equipamento: gibão de peles, tacape.

Tesouro: padrão.

Atropelar: como uma ação completa, o gigante búfalo pode percorrer até 18m, passando por qualquer personagem Médio ou menor. Um personagem atropelado sofre 1d8+14 pontos de dano e fica caído. Um teste de Reflexos (CD 18) reduz o dano à metade e evita a queda.

Gigante Leão — ND 6

São os gigantes mais agressivos e territoriais. Embora também sejam um pouco mais espertos, podem ser enganados por quem saiba explorar seu orgulho e vaidade.

Humanoide 10, Grande (alto), Caótico e Maligno

Iniciativa +12

Sentidos: Percepção +5, visão na penumbra.

Classe de Armadura: 21 (+5 nível, +2 Des, –1 tamanho, +5 natural).

Pontos de Vida: 70.

Resistências: Fort +9, Ref +7, Von +5.

Deslocamento: 12m.

Ataques Corpo-a-Corpo: espada grande +12 (3d6+23, 19-20) e mordida +10 (2d6+16).

Habilidades: For 25, Des 14, Con 19, Int 8, Sab 11, Car 8.

Trespassar: quando o gigante leão derruba uma criatura com um ataque corpo-a-corpo (reduzindo seus PV para 0 ou menos), pode realizar um ataque adicional contra outra criatura adjacente. O ataque adicional usa os mesmos bônus de ataque e dano do primeiro, mas os dados devem ser rolados novamente. O gigante leão pode usar este talento uma vez por rodada.

Equipamento: espada grande.

Tesouro: padrão.

Gigante Crocodilo — ND 8

Por sua preguiça, é o tipo de gigante que mais frequentemente ameaça povoados, exigindo grandes quantidades de comida como tributo.

Humanoide 14, Enorme (alto), Neutro e Maligno

Iniciativa +18

Sentidos: Percepção +18.

Classe de Armadura: 26 (+7 nível, +1 Des, –2 tamanho, +10 natural).

Pontos de Vida: 140.

Resistências: Fort +13, Ref +9, Von +10.

Deslocamento: 15m, natação 6m.

Ataques Corpo-a-Corpo: tacape +15 (3d8+25) e mordida +15 (3d6+25).

Habilidades: For 29, Des 12, Con 19, Int 6, Sab 9, Car 7.

Equipamento: tacape.

Tesouro: padrão.

Gigante Urso — ND 10

O maior e mais forte gigante moreau não usa armas, preferindo desferir golpes poderosos com as próprias garras, ou esmagá-las com seu abraço de urso. Sua pelagem é coberta de profundas cicatrizes, certamente resultado de lutas contra outros ursos ou gigantes.

Humanoide 17, Enorme (alto), Caótico e Maligno

Iniciativa +7

Sentidos: Percepção +8, faro.

Classe de Armadura: 27 (+8 nível, –1 Des, –2 tamanho, +12 natural).

Pontos de Vida: 170.

Resistências: Fort +14, Ref +7, Von +8, redução de dano 5.

Deslocamento: 15m.

Ataques Corpo-a-Corpo: 2 garras +20 (2d6+19, 19-20) e mordida +19 (2d6+19).

Habilidades: For 33, Des 8, Con 23, Int 6, Sab 11, Car 7.

Perícias: Atletismo +31.

Abraço de Urso: se o gigante urso acertar um alvo com suas duas garras irá apertar a vítima, o que causa 3d6+19 pontos de dano automaticamente (além do dano normal das garras).

Separar Aprimorado: o gigante urso recebe +4 em jogadas de ataque para separar (bônus total +34). Além disso, causa dano dobrado contra objetos.

Trespassar: quando o gigante urso derruba uma criatura com um ataque corpo-a-corpo (reduzindo seus PV para 0 ou menos), pode realizar um ataque adicional contra outra criatura adjacente. O ataque adicional usa os mesmos bônus de ataque e dano do primeiro, mas os dados devem ser rolados novamente. O gigante urso pode usar este talento uma vez por rodada.

Tesouro: padrão.

Harpia — ND 4

Diz a lenda que havia uma cabala de bruxas formada apenas por herdeiras da coruja. Elas sentiam-se injustiçadas pelos Irmãos Selvagens — pois, transformadas em humanas, haviam perdido mais que os outros herdeiros. Perderam sua habilidade de voar. E queriam suas asas de volta.

Durante anos a Cabala das Harpias realizou os atos mais inomináveis, os rituais mais depravados, tentando chamar a atenção de entidades que atendessem seu desejo. Então, durante certa noite terrível, foram ouvidas pelo Indomável. Irritado, ele atendeu-lhes o pedido: transformou as bruxas em criaturas de rosto e torso feminino, mas com pernas, asas e cauda de ave de rapina.

No entanto, em seu mau-humor, o Deus Monstro trapaceou as bruxas; sem mãos, agora elas não podiam mais conjurar suas magias.

Hoje a Cabala das Harpias é formada por cultistas escondidas em vários pontos dos Reinos. Elas continuam tentando recuperar o que perderam, fazendo sacrifícios sangrentos para qualquer deus ou demônio disposto a ouvir. Usam sua canção mágica para atrair vítimas, e então torturá-las de maneiras horríveis.

Embora sejam monstros raros, podem aparecer em quase qualquer região — até em grandes cidades, onde escondem-se em torres e ruínas. Algumas conseguem se disfarçar como herdeiras da coruja, pelo menos por curtos períodos.

Humanoide 7, Médio, Caótico e Maligno

Iniciativa +5

Sentidos: Percepção +9, visão no escuro.

Classe de Armadura: 17 (+3 nível, +3 Des, +1 natural).

Pontos de Vida: 21.

Resistências: Fort +3, Ref +6, Von +4.

Deslocamento: 6m, voo 24m.

Ataques Corpo-a-Corpo: garras +7 (1d6+4).

Habilidades: For 12, Des 17, Con 10, Int 7, Sab 12, Car 17.

Perícias: Enganação +13.

Canção Hipnótica: a mais perigosa habilidade da harpia é sua canção. Quando uma harpia canta, todas as criaturas (exceto harpias) a até 30m devem ser bem-sucedidas em um teste de Vontade (CD 16) ou ficam hipnotizadas. Uma vítima bem-sucedida não pode ser afetada pelo canto da mesma harpia por 24 horas. Este é um efeito de encantamento.

Uma vítima hipnotizada anda em direção à harpia com metade de seu deslocamento normal, até ficar adjacente a ela. Em caso de perigo (fogo, um penhasco…) a vítima pode fazer um segundo teste de Vontade. Criaturas hipnotizadas não fazem nada além de se defender (portanto, não ficam desprevenidas), mas não oferecem nenhuma resistência ao ataque da harpia (a harpia acerta automaticamente). Cantar é uma ação livre, e o efeito da canção dura pelo tempo que a harpia canta, e mais uma rodada.

Grito Aterrorizante: uma vez por dia, com uma ação completa, a harpia emite um uivo que atormenta seus oponentes. Todas as criaturas a até 12m da harpia devem fazer um teste de Vontade (CD 16). Aquelas que forem bem-sucedidas ficam abaladas pelo resto da cena. Aquelas que falharem ficam apavoradas por 1d4 rodadas.

Rasante: quando a harpia realiza uma investida contra um oponente que está no solo, ela causa dano dobrado.

Tesouro: padrão.

Homem-Lagarto   ND 1

Os herdeiros do lagarto não fazem parte do mito da criação moreau. Na verdade, eles estão entre as poucas raças inteligentes que não possuem nenhuma história para explicar sua própria origem.

Homens-lagarto são maiores que humanos comuns, medindo até 2,20m e pesando pouco mais de 100kg. Têm escamas por todo o corpo, com cores que variam do verde ao marrom, passando por cinza e amarelo. Têm uma cauda curta, que os ajuda a pular e nadar.

Bons nadadores, preferem habitar ilhas e costas — as tribos mais numerosas são encontradas nas Ilhas Drake —, mas também podem ser encontrados no interior da Ilha Nobre, em rios e pântanos. Lendas dizem que algumas ilhas abrigam vastos reinos formados por estes monstros.

Homens-lagarto são predadores cruéis. Caçam quaisquer criaturas como alimento, incluindo outros moreau. Como armas eles preferem lanças e clavas. Também são bastante primitivos — não usam armaduras ou roupas, embora alguns usem escudos de madeira ou cascos de tartaruga. Quando lutam, o fazem sem organização ou estratégia — preferem ataques diretos, às vezes tentando empurrar os inimigos para a água, onde levam vantagem. Recorrem a armadilhas, emboscadas e outras táticas para apanhar os inimigos de surpresa.

Humanoide 3, Médio, Caótico e Maligno

Iniciativa +3

Sentidos: Percepção +2, visão no escuro.

Classe de Armadura: 18 (+1 nível, +2 Des, +3 Con, +1 escudo).

Pontos de Vida: 18.

Resistências: Fort +4, Ref +3, Von +2, vulnerabilidade a frio.

Deslocamento: 9m, natação 9m.

Ataques Corpo-a-Corpo: lança +5 (1d6+4) ou lança +1 (1d6+4) e mordida +1 (1d4+4).

Ataques à Distância: lança +4 (1d6+4).

Habilidades: For 16, Des 14, Con 17, Int 8, Sab 13, Car 8.

Perícias: Atletismo +8 (+9 sem escudo), Furtividade +8, Sobrevivência +2.

Prender a Respiração: um homem-lagarto pode ficar sem respirar por (mod. Con x 10 minutos). Depois disso, começa a sufocar.

Equipamento: lança, escudo leve.

Tesouro: padrão.

Kobolds

Estes pequenos monstros dracônicos são uma praga nos Reinos. Druidas afirmam que eles são minúsculas manifestações do Indomável — a presença do Deus dos Monstros é tão selvagem e poderosa, que faz os pequenos monstros brotarem do chão. Outros mitos sugerem que, na verdade, kobolds são algo equivalente às pulgas do Indomável. Ou caspa.

Nos Reinos, kobolds são encontrados em colônias de 10 a 100 indivíduos, vivendo em subterrâneos e outros lugares de difícil acesso. Nas Montanhas de Marfim eles formam verdadeiros enxames, milhares deles varrendo colinas e vales. Também podem ser encontrados servindo dragões, as únicas criaturas capazes de mantê-los sob controle.

Kobolds de Moreania usam as mesmas estatísticas vistas em Tormenta RPG.

Licantropos

Doze animais pediram aos Irmãos Selvagens para serem humanos. Seis deles fizeram seu pedido à Dama Altiva. Os outros seis, ao cruel Indomável. Todos foram transformados em humanos. Mas, dentre aqueles atendidos pelo Deus dos Monstros, uns poucos preservaram mais de sua natureza bestial. São eles: leão, morcego, crocodilo, serpente, hiena, lobo.

Os licantropos são os mais selvagens moreau, capazes de reverter para suas versões primitivas originais. Eles têm aparência de humanos ou herdeiros, mas podem assumir uma forma animal, ou uma forma híbrida monstruosa.

Por sua maior afinidade com o Indomável, todos os licantropos são malignos e existem à margem da sociedade, em áreas selvagens, longe de qualquer civilização. Eles não podem absorver ou usar qualquer vestimenta, arma ou equipamento quando adotam formas animais, por isso é raro que usem qualquer outra coisa além de peles rústicas. Um licantropo em forma híbrida pode ser muito facilmente confundido com um herdeiro (Percepção CD 20, ou resistido pelo teste de Enganação do licantropo).

Devotos da Dama Altiva, especialmente os paladinos, caçam e destroem licantropos. A licantropia moreau está diretamente ligada ao mal: um licantropo que adote uma tendência não Maligna perde a habilidade mudança de forma, sendo esta a única cura conhecida. Assim, os mais puros e bondosos devotos da Dama Altiva acreditam em levar estes seres amaldiçoados à redenção. Até hoje, poucos tiveram sucesso.

Mudança de Forma: todo licantropo pode assumir uma forma animal ou híbrida. Sua forma híbrida é bípede, com cerca de 1,80m. Tem cabeça quase totalmente animal, e grandes mãos com garras. Um licantropo pode falar, usar armas e lançar magias na forma híbrida.

A forma animal corresponde a um animal adulto, de grande porte, quase indistinguível de um animal comum. Nesta forma um licantropo não pode falar, usar armas ou lançar magias.

Um licantropo conserva seus valores de habilidade em todas as formas, mas seu deslocamento muda, e ele recebe armas naturais de acordo.

A mudança de forma é uma ação completa. Um licantropo pode mudar de forma quantas vezes quiser, e manter-se em cada forma por quanto tempo quiser. Um licantropo morto reverte à forma humanoide.

Lobisomem ND 1

O mais conhecido e comum entre os licantropos. Devido às características sociais dos lobos, também é o mais propenso a ignorar sua natureza feral e viver entre os humanos. No entanto, aqueles em estado selvagem são muito perigosos, pois vivem em matilhas formadas por outros lobos ou lobisomens.

Herdeiro do Lobo, Plebeu 6, Médio, Leal e Maligno

Iniciativa +10

Sentidos: Percepção +7, faro, visão na penumbra.

Classe de Armadura: 17 (+3 nível, +3 armadura, +1 Des).

Pontos de Vida: 24.

Resistências: Fort +4, Ref +4, Von +3.

Deslocamento: 9m.

Ataques Corpo-a-Corpo: espada longa +5 (1d8+4, 19-20).

Habilidades: For 12, Des 13, Con 12, Int 9, Sab 10, Car 10.

Empatia com Lobos: o lobisomem pode fazer testes de Diplomacia com lobos, com um bônus de +6.

Mudança de Forma: como uma ação completa, o lobisomem pode alternar entre suas três formas: forma humanoide, híbrida ou animal. As estatísticas acima se referem à forma humanoide.

Forma Híbrida: em forma híbrida, as estatísticas do lobisomem se tornam espada longa +3 (1d8+4, 19-20) e mordida +3 (1d6+4).

Forma Animal: em forma de lobo, as estatísticas do lobisomem se tornam desl. 15m; mordida +5 (1d6+4).

Equipamento: couro batido, espada longa.

Tesouro: padrão.

Homem-Crocodilo ND 2

Talvez os mais irracionais e primitivos entre os licantropos, são movidos pela voracidade, atacando e devorando qualquer coisa que se mova. São mestres em emboscadas, capazes de ficar imóveis durante horas (ou até dias) enquanto esperam pela passagem de uma presa. É comum que se organizem em bandos de assaltantes, espreitando à beira das estradas.

Herdeiro do Crocodilo, Plebeu 6, Médio, Caótico e Maligno

Iniciativa +3

Sentidos: Percepção +7, faro, visão na penumbra.

Classe de Armadura: 16 (+3 nível, +3 armadura).

Pontos de Vida: 30.

Resistências: Fort +5, Ref +3, Von +3.

Deslocamento: 9m.

Ataques Corpo-a-Corpo: clava +5 (1d6+3).

Habilidades: For 12, Des 11, Con 14, Int 8, Sab 10, Car 9.

Perícias: Furtividade +9.

Empatia com Crocodilos: o homem-crocodilo pode fazer testes de Diplomacia com crocodilos, com um bônus de +5.

Mudança de Forma: como uma ação completa, o homem-crocodilo pode alternar entre suas três formas: forma humanoide, híbrida ou animal. As estatísticas acima se referem à forma humanoide.

Forma Híbrida: em forma híbrida, as estatísticas do homem-crocodilo se tornam clava +3 (1d6+4) e mordida +3 (1d6+4).

Forma Animal: em forma animal, as estatísticas do homem-crocodilo se tornam desl. 6m, natação 9m; mordida +5 (1d6+4).

Equipamento: clava, gibão de peles.

Tesouro: padrão.

Homem-Leão   ND 2

Habitante de campos e montanhas, tende a ser um eremita solitário e territorial, muito perigoso, atacando todos aqueles que invadem seus domínios. Alguns comandam bandos formados por outros leões (apenas fêmeas e filhotes), mas nunca aceitam a presença de outro licantropo.

Herdeiro do Leão, Plebeu 6, Médio, Leal e Maligno

Iniciativa +9

Sentidos: Percepção +7, faro, visão na penumbra.

Classe de Armadura: 14 (+3 nível, +1 Esquiva).

Pontos de Vida: 24.

Resistências: Fort +4, Ref +3, Von +2.

Deslocamento: 9m.

Ataques Corpo-a-Corpo: bordão +6 (1d6+5).

Habilidades: For 14, Des 11, Con 12, Int 9, Sab 8, Car 10.

Empatia com Leões: o homem-leão pode fazer testes de Diplomacia com leões, com um bônus de +6.

Mudança de Forma: como uma ação completa, o homem-leão pode alternar entre suas três formas: forma humanoide, híbrida ou animal. As estatísticas acima se referem à forma humanoide.

Forma Híbrida: em forma híbrida, as estatísticas do homem-leão se tornam bordão +4 (1d6+5) e mordida +4 (1d6+5).

Forma Animal: em forma animal, as estatísticas do homem-leão se tornam tamanho Grande; CA 13; desl. 15m; mordida +5 (1d8+5).

Equipamento: bordão.

Tesouro: padrão.

Gosma Ocre — ND 6

Este monstro sem forma lembra uma massa amarela rastejante. Apesar do tamanho — que atinge até 3m de diâmetro, com 15 cm de espessura —, a gosma consegue espremer-se através de aberturas estreitas, como frestas de portas e janelas.

Monstro 8, Grande (comprido), Neutro

Iniciativa −1

Sentidos: Percepção −1, percepção às cegas 18m.

Classe de Armadura: 13 (+4 nível, −1 tamanho).

Pontos de Vida: 96.

Resistências: Fort +12, Ref +1, Von −1, imunidade a acertos críticos, ácido, eletricidade, encantamento, paralisia, sono, venenos.

Deslocamento: 4,5m, escalada 3m.

Ataques Corpo-a-Corpo: pancada +10 (2d4+7 mais 1d4 de ácido).

Habilidades: For 17, Des 1, Con 22, Int —, Sab 1, Car 1.

Divisão: a gosma ocre é imune a dano por corte, perfuração ou eletricidade. Em vez de sofrer dano, a criatura se divide em duas partes iguais e adjacentes, cada uma com metade dos pontos de vida da gosma original. Uma gosma com 10 PV ou menos não poderá mais se dividir.

Tesouro: nenhum.

Mantícora — ND 6

A origem deste monstro é tão execrável, tão repelente, que jamais é contada — mesmo os servos do Indomável a consideram revoltante. Certa vez, tomado pelo impulso primitivo de acasalar, o Deus dos Monstros possuiu a própria irmã. Como resultado, a Dama Altiva deu à luz uma ninhada de abominações. Mais tarde estas mantícoras primais acasalaram entre si, gerando a atual população destes monstros.

Uma mantícora tem corpo de leão, asas de dragão, cabeça humana com presas, e uma longa cauda espinhosa capaz de disparar acúleos. Pesam até 500kg.

O ressentimento da Dama Altiva, somado à crueldade do Indomável, tornou estes monstros cruéis e rancorosos. Mantícoras se alimentam de humanoides, caçando-os em áreas selvagens, mas tipicamente fazem seus ninhos em masmorras. Em combate, sobrevoam os adversários para atacar pelo alto com uma saraivada de espinhos. Quando os acúleos acabam, pousam para lutar corpo-a-corpo com os sobreviventes.

Paladinos e druidas acreditam que matar as mantícoras é seu dever sagrado — mesmo que a própria deusa, em sua bondade infinita, jamais peça tal coisa a seus devotos. No entanto, as mantícoras primais são muito maiores e mais poderosas que a espécie comum, e nenhuma delas foi encontrada até hoje.

Monstro 8, Grande (comprido), Leal e Maligno

Iniciativa +13

Sentidos: Percepção +12, faro, visão no escuro.

Classe de Armadura: 21 (+4 nível, +2 Des, −1 tamanho, +6 natural).

Pontos de Vida: 88.

Resistências: Fort +10, Ref +8, Von +5.

Deslocamento: 9m, voo 15m.

Ataques Corpo-a-Corpo: mordida +12 (2d4+9) ou mordida +10 (2d4+9) e 2 garras +10 (1d6+9).

Ataques à Distância: 6 espinhos +10 (1d8+9, 19-20).

Habilidades: For 21, Des 15, Con 19, Int 7, Sab 12, Car 9.

Espinhos: como uma ação padrão, a mantícora pode estalar a cauda e disparar até seis espinhos em um alvo a até 27m. A mantícora pode disparar até 24 espinhos por dia.

Tesouro: padrão.

Monstro Ferrugem — ND 3

Este monstro se parece com um gafanhoto enorme e avermelhado, com duas grandes antenas e uma cauda comprida, terminada em uma curiosa hélice. O toque de suas antenas não causa dano a seres vivos, mas transforma qualquer arma, escudo ou armadura metálica em ferrugem — da qual o monstro se alimenta.

Também chamado monstro da ferrugem, existe em grandes bandos no Reino das Torres, alimentando-se das ruínas. No entanto, alguns druidas do Indomável aprenderam a invocá-los nos Reinos, para destruir instrumentos de metal (que eles consideram "malditos").

Monstro 5, Médio, Neutro

Iniciativa +5

Sentidos: Percepção +13, faro, visão no escuro.

Classe de Armadura: 20 (+2 nível, +3 Des, +5 natural).

Pontos de Vida: 40.

Resistências: Fort +5, Ref +7, Von +3.

Deslocamento: 12m.

Ataques Corpo-a-Corpo: antena +6 toque (ferrugem) ou mordida +5 (1d6+2).

Habilidades: For 10, Des 17, Con 13, Int 2, Sab 13, Car 8.

Ferrugem: a antena do monstro ferrugem corrói qualquer objeto de metal atingido, quebrando-o em pedaços e tornando-o inútil imediatamente. Itens mágicos têm direito a um teste de Fortitude (CD 15) para resistir ao efeito. Artefatos são imunes a esta habilidade. Uma arma de metal que cause dano a um monstro ferrugem também é corroída imediatamente.

Tesouro: nenhum.

Mortos-Vivos

Mortos-vivos são cadáveres, moreau ou não, animados através de forças sobrenaturais. Magos necromantes costumam transformar cadáveres em mortos-vivos, para usá-los como servos ou soldados — no entanto, essa prática é considerada criminosa nos Reinos de Moreania. Mortos-vivos também podem surgir naturalmente, em cemitérios assombrados, templos profanos, cenas de crime e outros lugares malditos. Por fim, grandes hordas destes monstros vagam pelo Reino das Torres, remanescentes do antigo massacre do povo darash.

Carniçais, esqueletos e zumbis de Moreania usam as mesmas estatísticas vistas em Tormenta RPG. Além disso, a região possui uma "espécie" nativa de mortos-vivos, o zumbi verde.

Zumbi Verde — ND 4

Também conhecidos como zumbis juju, estes mortos-vivos parecem brotar naturalmente do solo de áreas naturais, malditas ou não. Embora sejam relativamente comuns em toda a Ilha Nobre, são uma verdadeira praga na Ilha do Barão, onde hordas compostas por dezenas ou mesmo centenas de indivíduos brotam dos pântanos e charcos. Zumbis verdes não são necessariamente malignos, e às vezes tudo o que fazem é dançar e cantar, numa paródia macabra de festivais que viveram em vida. Nesses casos, pode ser possível até mesmo dialogar com eles. Infelizmente, outras vezes só conseguem perseguir incessantemente criaturas vivas que estejam por perto, para manter sua inteligência e as memórias de sua época em vida.

Morto-Vivo 5, Médio, Caótico e Neutro

Iniciativa +9

Sentidos: Percepção +9

Classe de Armadura: 13 (+2 nível, +1 Des).

Pontos de Vida: 40.

Resistências: Fort +2, Ref +2, Von +5, redução de dano 5/corte, cura acelerada 5/fogo.

Deslocamento: 12m.

Ataques Corpo-a-corpo: pancada +4 (1d6+4).

Habilidades: For 13, Des 13, Con —, Int 10, Sab 13, Car 8.

Perícias: Atletismo +9, Acrobacia +9.

Fome de Memórias: a cada mês, o zumbi verde perde 1 ponto de Inteligência de seu valor máximo. Se chegar a Int 0, se torna um zumbi comum (com as mesmas estatísticas vistas em *Tormenta RPG: Módulo Básico*). Ele recupera 1 ponto de Inteligência ao consumir o cérebro de uma criatura viva e inteligente (Int 3+). Se puder perceber a presença de uma criatura viva e inteligente a até 30m, deve fazer em um teste de Vontade (CD 15). Em caso de falha, sua tendência muda imediatamente para Caótica e Maligna, e ele deve atacar a criatura percebida até a morte, para então consumir seu cérebro.

Zumbi Corredor: o zumbi verde é muito mais malemolente que seus "parentes". Ele pode rolar outra vez um teste de Atletismo para corrida que tenha recém realizado. Ele deve aceitar a segunda rolagem, mesmo que seja pior que a primeira.

Tesouro: nenhum.

Orcs   ND 1/2

A origem dos orcs nos Reinos é alvo de muitas teorias e controvérsias. Alguns dizem que eles nascem de árvores malditas nas Montanhas de Marfim, como frutos profanos do Indomável. Outros teorizam que orcs são uma espécie de matéria bruta da natureza: seres bestiais com o potencial oculto para tornarem-se *qualquer* outra criatura humanoide.

Por sua origem sinistra, combinada com o fato de que costumam cruzar com outras criaturas, orcs variam muito em aparência. Praticamente cada bando tem uma peculiaridade própria, que os diferencia: enquanto uma tribo tem escamas e caudas de lagarto, outra apresenta indivíduos de duas cabeças, e uma terceira é formada por orcs com chifres.

Orcs sabem usar muitas armas, mas preferem machados. Vivem em guerra constante com os moreau, ghob-kin e até outros orcs; valorizam a conquista de territórios acima de tudo.

Plebeu 2, Médio, Caótico e Maligno

Iniciativa +1

Sentidos: Percepção +4, visão no escuro.

Classe de Armadura: 15 (+1 nível, +1 escudo, +3 armadura).

Pontos de Vida: 10.

Resistências: Fort +3, Ref +1, Von +0.

Deslocamento: 9m.

Ataques Corpo-a-Corpo: machado de batalha +5 (1d8+5, x3).

Habilidades: For 18, Des 11, Con 14, Int 7, Sab 9, Car 8.

Perícias: Intimidação +4.

Mutação Assombrosa: cada bando ou tribo orc apresenta algum tipo de deformidade física. Escolha uma das habilidades a seguir, ou nenhuma delas.

Bicéfalo: este orc de duas cabeças ataca com dois machados de batalha, um em cada mão, com penalidade de −2 em cada ataque; tem +4 em testes de Percepção e não pode ser flanqueado.

Chifres ou presas: causam 1d6+5 pontos de dano. Pode atacar com a arma natural e machado na mesma ação padrão com penalidade de −4.

Gigante: com 3m de altura, suas estatísticas mudam para tamanho Grande (alto); CA 14; desl. 12m; machado de batalha +5 (2d6+6, x3).

Insetoide: tem uma carapaça quitinosa e um par de pequenos braços extras com garras, que servem apenas para escalar. Tem CA 18 e deslocamento de escalada de 9m.

Nanico: com até 1,20m de altura, suas estatísticas mudam para tamanho Pequeno; CA 16; desl. 6m; machado de batalha +6 (1d6+5, x3).

Reptiliano: com escamas e cauda, é muito parecido com um homem-lagarto (talvez ele *seja* um homem-lagarto!). Tem CA 17 e +8 em testes de Atletismo (total +13).

Sensibilidade à Luz: orcs ficam ofuscados (−1 em ataques) sob luz solar ou a magia *luz do dia*.

Equipamento: couro batido, escudo leve, machado de batalha.

Tesouro: padrão.

Otyugh   ND 4

Outra aberração nascida da pestilência darash, otyughs são habitantes grotescos de cavernas, túneis, esgotos e ruínas. Existem em grande número no Reino das Torres, mas — de alguma forma — alguns podem ser encontrados nos Reinos, espreitando em masmorras, pântanos e esgotos.

É difícil descrever um otyugh. Seu bulboso e pustulento corpo central, com quase 2m de diâmetro, é sustentado por três patas dispostas de forma estranha. Dois longos tentáculos com 3m cada terminam em formações espinhosas, usadas para golpear vítimas, enquanto um terceiro tentáculo contém órgãos sensoriais. Uma bocarra infecta, que parece grande demais para o próprio corpo, completa a ameaça.

Otyughs chafurdam na sujeira, alimentando-se de detritos, mas também emboscando criaturas menores. Aguardam imersos em escombros, com o tentáculo sensorial emerso, esperando pela chegada de vítimas. Apesar da baixa inteligência, otyughs sabem falar e formular estratégias de combate — por exemplo, preferem lutar imersos em lama ou sujeira, enquanto alcançam as vítimas com os tentáculos.

Monstro 6, Grande (comprido), Caótico e Maligno

Iniciativa +3

Sentidos: Percepção +10, visão no escuro.

Classe de Armadura: 21 (+3 nível, −1 Des, −1 tamanho, +10 natural).

Pontos de Vida: 60.

Resistências: Fort +8, Ref +5, Von +4.

Deslocamento: 6m.

Ataques Corpo-a-Corpo: tentáculo +8 (1d6+5, 4,5m) ou 2 tentáculos +4 (1d6+5, 4,5m) e mordida +3 (1d4+5 mais doença).

Habilidades: For 21, Des 8, Con 15, Int 6, Sab 10, Car 7.

Perícias: Furtividade −1 (+7 em seu refúgio).

Agarrar Aprimorado: se o otyugh acerta um ataque de tentáculo, pode fazer a manobra agarrar como uma ação livre (bônus de +12).

CONSTRIÇÃO: no início de cada turno, o otyugh causa o dano de um ataque de tentáculo (1d6+5) em qualquer criatura que esteja agarrando.

DOENÇA: uma criatura atingida pela mordida do otyugh deve ser bem-sucedida num teste de Fortitude (CD 14) ou irá contrair a doença febre do esgoto (TORMENTA RPG, Capítulo 10).

TESOURO: padrão.

SAHUAGIN   ND 1

Os sahuagin, ou homens-tubarão, são criaturas-peixe de duas pernas. Exceto por este fato, variam muitíssimo em aparência, especialmente aqueles encontrados próximos às costas de Moreania. A cor da pele escamosa vai do verde-escuro ao cinza-azulado e azul-marinho, quase sempre com listras. Suas barbatanas — que podem mudar em número, tamanho e disposição — são negras ou vermelho-escuro. Mãos e pés têm dedos longos, unidos por membranas.

O povo sahuagin é violento e cruel. Compaixão é algo desconhecido em sua cultura — os fracos, feridos ou doentes são eliminados sem hesitação. Sádicos, encontram prazer no sofrimento de outras criaturas, dedicando longas horas a atormentar e torturar suas vítimas antes de matá-las.

São gananciosos, famintos por joias e gemas preciosas, que eles consideram símbolos de status. O povo sahuagin é também profundamente vingativo, jamais esquecendo uma ofensa ou ferimento: eles são capazes de transmitir seu ódio aos próprios descendentes, quase de forma genética, para que estes persigam e destruam antigos inimigos.

Embora vivam em áreas profundas dos oceanos, os sahuagin formam bandos para saquear navios e comunidades costeiras, em busca de vítimas e tesouros. Preferem atacar à noite, pois a luz do dia fere seus olhos habituados à escuridão das profundezas. Embora consigam permanecer fora d'água durante períodos razoavelmente longos, eles quase nunca se afastam muito do mar, para garantir sua fuga em caso de problemas.

Os únicos amigos dos sahuagin são os tubarões, muitas vezes domesticados como bestas de carga ou guerra. Alguns sahuagin, inclusive, têm o poder sobrenatural de se transformar em tubarões.

HUMANOIDE 3, MÉDIO, NEUTRO E MALIGNO

INICIATIVA +9

SENTIDOS: Percepção +7, visão no escuro.

CLASSE DE ARMADURA: 18 (+1 nível, +3 Des, +4 natural).

PONTOS DE VIDA: 18.

RESISTÊNCIAS: Fort +4, Ref +4, Von +3, imunidade a medo, resistência a eletricidade e frio 10.

DESLOCAMENTO: 9m, natação 12m.

ATAQUES CORPO-A-CORPO: lança +3 (1d6+4) e mordida +3 (1d6+4).

HABILIDADES: For 16, Des 16, Con 16, Int 10, Sab 13, Car 9.

ANFÍBIO: um sahuagin pode respirar tanto na água quanto na terra.

FALAR COM TUBARÕES: os sahuagin conseguem se comunicar telepaticamente com tubarões a até 30m de distância. A comunicação é limitada a conceitos simples, como "perigo", "comida" e "abrigo".

SENSIBILIDADE A ÁGUA DOCE: um sahuagin imerso em água doce deve ser bem-sucedido num teste de Fortitude (CD 15) ou ficará fatigado enquanto permanecer imerso. Mesmo que seja bem-sucedido, deverá repetir o teste a cada 10 minutos em que permanecer imerso.

EQUIPAMENTO: lança.

TESOURO: padrão.

Capítulo 3: Bestiário

Animal 5, Grande (comprido), Neutro

Iniciativa +2

Sentidos: Percepção +8, faro, visão na penumbra.

Classe de Armadura: 15 (+2 nível, –1 tamanho, +4 natural).

Pontos de Vida: 35.

Resistências: Fort +7, Ref +4, Von +2.

Deslocamento: 12m.

Ataques Corpo-a-Corpo: chifres +9 (1d8+8).

Habilidades: For 22, Des 10, Con 16, Int 2, Sab 11, Car 4.

Estouro: uma manada com dez ou mais búfalos pode atropelar qualquer coisa de tamanho Grande ou menor que esteja em seu caminho, causando 1d12+8 pontos de dano para cada cinco búfalos na manada (Ref CD 18 reduz à metade).

Investida Taurina: o búfalo recebe um bônus adicional de +2 em jogadas de ataque durante uma investida (para um total de +4).

Tesouro: nenhum.

Cão   ND 1

O cachorro doméstico comum não existe nos Reinos como animal nativo, mas alguns foram trazidos da distante terra de Arton. A novidade tem sido excitante para os cidadãos de Laughton. Habitantes de Luncaster e Brando, no entanto, reagem a eles com medo ou mau-humor.

Animal 3, Médio, Neutro

Iniciativa +3

Sentidos: Percepção +11, faro, visão na penumbra.

Classe de Armadura: 15 (+1 nível, +2 Des, +2 natural).

Pontos de Vida: 21.

Resistências: Fort +5, Ref +5, Von +2.

Deslocamento: 12m.

Ataques Corpo-a-Corpo: mordida +5 (1d6+3).

Habilidades: For 15, Des 15, Con 15, Int 2, Sab 12, Car 6.

Perícias: Atletismo +7.

Tesouro: nenhum.

Cavalos

Apesar da grande variedade de montarias exóticas disponíveis para aventureiros — desde lobos atrozes até búfalos de montaria, hipossauros e cavalos-marinhos —, o cavalo comum ainda é a escolha mais tradicional em Moreania. Embora existam numerosas raças, eles dividem-se em duas categorias básicas: cavalos de montaria e cavalos de guerra.

Cavalo de Montaria   ND 1

Animal 3, Grande (comprido), Neutro

Iniciativa +3

Sentidos: Percepção +7, faro, visão na penumbra.

Classe de Armadura: 15 (+1 nível, +2 Des, +2 natural).

Pontos de Vida: 18.

Resistências: Fort +5, Ref +5, Von +2.

Deslocamento: 15m.

Ataques Corpo-a-Corpo: cascos +3 (1d8+3).

Habilidades: For 14, Des 15, Con 15, Int 2, Sab 12, Car 6.

Tolerância: o cavalo de montaria recebe +4 em testes de Constituição para prender o fôlego e evitar dano por fome ou sede, e em testes de Fortitude para evitar dano por frio ou calor.

Tesouro: nenhum.

Cavalo de Guerra   ND 2

Animal 4, Grande (comprido), Neutro

Iniciativa +3

Sentidos: Percepção +8, faro, visão na penumbra.

Classe de Armadura: 14.

Pontos de Vida: 28.

Resistências: Fort +7, Ref +5, Von +3.

Deslocamento: 15m.

Ataques Corpo-a-Corpo: cascos +6 (1d8+6).

Habilidades: For 18, Des 13, Con 17, Int 2, Sab 13, Car 6.

Tolerância: o cavalo de guerra recebe +4 em testes de Constituição para prender o fôlego e evitar dano por fome ou sede, e em testes de Fortitude para evitar dano por frio ou calor.

Tesouro: nenhum.

Cavalo-Marinho   ND 2

A maior parte dos cavalos-marinhos não ultrapassa os quinze centímetros de comprimento. Em Moreania, contudo, alguns atingem até 3m e podem efetivamente ser usados como montaria, como seus equivalentes terrestres. Sob muitos aspectos, podem ser tratados e domados exatamente como os cavalos comuns.

Cavalos-marinhos são peixes — os únicos que possuem a cabeça perpendicular ao corpo. Têm cabeça alongada e com filamentos que lembram a crina de um cavalo. Nadam na vertical, vibrando rapidamente as nadadeiras dorsais. A cauda longa e preênsil permite que se agarrem a plantas submarinas enquanto se alimentam de pequenos crustáceos; a cauda também pode ser usada para atacar.

Animal 2, Médio, Neutro

Iniciativa +3

Sentidos: Percepção +6, faro, visão na penumbra.

Classe de Armadura: 15 (+1 nível, +2 Des, +2 natural).

Pontos de Vida: 14.

Resistências: Fort +5, Ref +5, Von +2.

Deslocamento: 15m.

Ataques Corpo-a-Corpo: mordida +3 (1d6+3).

Habilidades: For 15, Des 15, Con 15, Int 2, Sab 12, Car 6.

Derrubar Aprimorado: se o lobo acerta um ataque de mordida, pode fazer a manobra derrubar como ação livre (bônus +7).

Tesouro: nenhum.

Rato   ND 1/4

Ratos são muitíssimo comuns em masmorras e ruínas; será difícil encontrar um único túnel ou aposento sem algumas destas pestes. Eles normalmente fogem de qualquer criatura maior, mas quando assustados ou encurralados (por um incêndio ou um predador, por exemplo), podem atacar e morder. Ratos também são bons nadadores.

Animal 1, Mínimo, Neutro

Iniciativa +3

Sentidos: Percepção +5, faro, visão na penumbra.

Classe de Armadura: 15 (+3 Des, +2 tamanho).

Pontos de Vida: 4.

Resistências: Fort +2, Ref +5, Von +1.

Deslocamento: 9m, escalada 6m, natação 4,5m.

Ataques Corpo-a-Corpo: mordida +4 (1 mais doença).

Habilidades: For 2, Des 17, Con 10, Int 1, Sab 12, Car 2.

Perícias: Furtividade +11.

Doença: ser mordido por um rato exige um teste de Fortitude (CD 14). Em caso de falha, a vítima contrai febre do esgoto (*Tormenta RPG Módulo Básico*, Capítulo 10).

Tesouro: nenhum.

Sapo   ND –

Sapos e rãs são anfíbios pequenos e inofensivos, que alimentam-se de insetos. Não conseguem fazer ataques ou causar qualquer dano. São mestres na camuflagem, por sua cor, textura e pequeno tamanho, sendo muito difícil encontrá-los. Alguns secretam toxinas irritantes ao serem tocados ou feridos.

Animal 1, Diminuto, Neutro

Iniciativa +1

Sentidos: Percepção +6, visão na penumbra.

Classe de Armadura: 15 (+1 Des, +4 tamanho).

Pontos de Vida: 4.

Resistências: Fort +2, Ref +3, Von +2.

Deslocamento: 6m, natação 6m.

Habilidades: For 1, Des 12, Con 11, Int 1, Sab 14, Car 4.

Anfíbio: um sapo pode respirar tanto na água quanto na terra.

Toxinas: um sapo que receba um ataque corpo-a-corpo bem-sucedido deixa seu atacante enjoado por 1 minuto se ele falhar em um teste de Fortitude (CD 11).

Tesouro: nenhum.

Texugo   ND 1/2

Texugos são pequenos animais peludos, com corpo achatado e bem constituído. Seus membros posteriores são fortes e armados com garras longas, usadas para escavar. Um texugo adulto tem de 60 a 90cm e pesa de 12 a 14kg. Texugos se enfurecem com facilidade, e não temem lutar com criaturas maiores. Atacam mordendo e arranhando.

Animal 1, Pequeno, Neutro

Iniciativa +3

Sentidos: Percepção +5, faro, visão na penumbra.

Classe de Armadura: 14 (+3 Des, +1 tamanho).

Pontos de Vida: 6.

Resistências: Fort +4, Ref +5, Von +1.

Deslocamento: 6m, escavar 3m.

Ataques Corpo-a-Corpo: mordida +3 (1d4–1) ou garras +3 (1d3–1).

Habilidades: For 8, Des 17, Con 15, Int 2, Sab 12, Car 6.

Perícias: Acrobacia +11.

Tesouro: nenhum.

Tubarões

Os mais temidos predadores dos mares, tubarões são grandes peixes com várias fileiras de dentes afiados na boca e uma pele dura e áspera. Podem ser encontrados em praticamente todos os mares do planeta.

Tubarões normalmente não atacam criaturas maiores que eles. No entanto, tubarões de guarda treinados pelos sahuagin podem fazê-lo quando ordenados. Em Arton, são conhecidos como "selakos".

TUBARÃO-TOURO   ND 3

O mais perigoso para os moreau, por viver perto da costa. Tem em média 3m de comprimento.

ANIMAL 7, GRANDE (COMPRIDO), NEUTRO

INICIATIVA +12

SENTIDOS: Percepção +15, faro aprimorado, visão na penumbra.

CLASSE DE ARMADURA: 16 (+3 nível, −1 tamanho, +2 Des, +2 natural).

PONTOS DE VIDA: 35.

RESISTÊNCIAS: Fort +6, Ref +7, Von +4.

DESLOCAMENTO: natação 18m.

ATAQUES CORPO-A-CORPO: mordida +8 (1d12+6).

HABILIDADES: For 17, Des 15, Con 13, Int 1, Sab 12, Car 2.

FARO APRIMORADO: um tubarão-touro detecta automaticamente a presença de criaturas a até 60m e o odor do sangue na água num raio de 1,5 km.

TESOURO: nenhum.

TUBARÃO BRANCO   ND 5

O maior (até 7,5m de comprimento), mais feroz e agressivo dos tubarões.

ANIMAL 10, ENORME (COMPRIDO), NEUTRO

INICIATIVA +14

SENTIDOS: Percepção +18, faro aprimorado, visão na penumbra.

CLASSE DE ARMADURA: 18 (+5 nível, −2 tamanho, +1 Des, +4 natural).

PONTOS DE VIDA: 80.

RESISTÊNCIAS: Fort +10, Ref +8, Von +6.

DESLOCAMENTO: natação 18m.

ATAQUES CORPO-A-CORPO: mordida +12 (3d6+11 mais sangramento).

HABILIDADES: For 23, Des 13, Con 17, Int 1, Sab 12, Car 2.

FARO APRIMORADO: um tubarão branco detecta automaticamente a presença de criaturas a até 60m e o odor do sangue na água num raio de 1,5 km.

FRENESI DAS ÁGUAS SANGRENTAS: para cada criatura sangrando a até 60m, o tubarão branco pode fazer uma ação adicional (padrão ou de movimento).

SANGRAMENTO: uma criatura que sofra dano da mordida do tubarão branco sofre 1d4 pontos de dano por rodada até o sangramento ser estancado, o que exige um teste de Cura (CD 15) ou uma magia de cura qualquer.

TESOURO: nenhum.

URSOS

Ursos são predadores muito fortes e, apesar da aparência desajeitada, muito rápidos — um homem normal não poderia vencê-los em uma corrida. Em geral eles evitam as pessoas, mas podem ser atraídos por acampamentos de aventureiros para roubar sua comida.

URSO NEGRO   ND 2

O tipo mais comum, encontrado em florestas de clima temperado. Mede quase 2m de comprimento e pesa 300kg.

ANIMAL 3, MÉDIO, NEUTRO

INICIATIVA +2

SENTIDOS: Percepção +7, faro, visão na penumbra.

CLASSE DE ARMADURA: 14 (+1 nível, +1 Des, +2 natural).

PONTOS DE VIDA: 21.

RESISTÊNCIAS: Fort +5, Ref +4, Von +2.

DESLOCAMENTO: 12m.

ATAQUES CORPO-A-CORPO: mordida +6 (1d6+5) ou mordida +4 (1d6+5) e 2 garras +4 (1d4+5).

HABILIDADES: For 19, Des 13, Con 15, Int 2, Sab 12, Car 6.

AGARRAR APRIMORADO: se o urso negro acerta um ataque de garra, pode fazer a manobra agarrar como ação livre (bônus +10).

TESOURO: nenhum.

URSO MARROM   ND 4

Maior e mais musculoso que o urso negro, este carnívoro mal-humorado e territorial gosta de dormir em cavernas. Atinge mais de 3m de altura, e pesa mais de 600kg.

ANIMAL 6, GRANDE (ALTO), NEUTRO

INICIATIVA +4

SENTIDOS: Percepção +10, faro, visão na penumbra.

CLASSE DE ARMADURA: 18 (+3 nível, +1 Des, −1 tamanho, +5 natural).

PONTOS DE VIDA: 60.

RESISTÊNCIAS: Fort +9, Ref +6, Von +4.

DESLOCAMENTO: 12m.

ATAQUES CORPO-A-CORPO: mordida +11 (1d8+11) ou mordida +9 (1d8+11) e 2 garras +9 (1d6+11).

HABILIDADES: For 27, Des 13, Con 19, Int 2, Sab 12, Car 6.

AGARRAR APRIMORADO: se o urso marrom acerta um ataque de garra, pode fazer a manobra agarrar como ação livre (bônus +19).

TESOURO: nenhum.

Modelos

Em Moreania, nem sempre uma criatura existe em sua forma natural. Demônios e dragões acasalam com várias outras espécies e produzem descendentes com poderes próprios. Versões maiores e mais ferozes de animais comuns vagam pelas Montanhas de Marfim. Antigos darash combinavam homem e máquina. A podridão do Reino das Torres deforma e corrompe, resultando em monstros aberrantes.

Modelos são conjuntos de modificações mecânicas aplicadas a uma criatura. Use as estatísticas normais da criatura, acrescentando as mudanças do modelo. Personagens jogadores só podem possuir modelos com a autorização do mestre.

Cada modelo a seguir inclui um ou mais exemplos de criaturas que o utilizam.

Animal Atroz

Um animal atroz é uma versão maior, mais feroz e primitiva de um animal comum. Seu aspecto é violento, pré-histórico: tem garras, presas e chifres maiores, formações ósseas de aspecto ameaçador, e comportamento mais agressivo.

Animais atrozes são remanescentes de tempos antigos, brutais, quando a Ilha Nobre era infestada de gigantes e lagartos-trovão. Um dia, quando o Indomável recolheu suas crias ao território das Montanhas de Marfim, as crianças da Dama Altiva enfim puderam deixar suas tocas. Hoje, eles existem na natureza apenas em áreas remotas, distantes da civilização — nos Reinos, é raro que sejam encontrados próximos de cidades e aldeias. Às vezes, nasce um filhote atroz em meio a uma ninhada de animais comuns. Druidas do Indomável também conhecem rituais específicos para "despertar a fúria interior" de um animal, transformando-o em atroz.

Animais atrozes são muito difíceis de domesticar. No entanto, podem ocasionalmente atuar como companheiros ou montarias para druidas, rangers e paladinos.

- **Criatura-base:** deve ser do tipo animal, com Int 1 ou 2.
- **Tamanho:** aumenta em categoria, o que inclui todos os modificadores relevantes (veja a tabela "Tamanho de Criaturas", no Capítulo 9 de Tormenta RPG). Isso também aumenta o dano das armas naturais e modifica testes de manobra.
- **Nível:** dobre os níveis de animal possuídos pela criatura, o que inclui os benefícios normais (pontos de vida, aumento nas perícias treinadas, ½ do nível nas resistências, CA e perícias não treinadas, aumento do BBA, talentos e aumentos de habilidades em níveis ímpares e pares, respectivamente).
- **Habilidades:** For +8, Con +4.
- **ND:** +2.

Lobo Medonho ND 3

Um lobo tão grande quanto um cavalo, com grossa pelagem cinzenta e olhos flamejantes.

Animal 4, Grande (comprido), Neutro

Iniciativa +4

Sentidos: Percepção +8, faro, visão na penumbra.

Classe de Armadura: 16 (+2 nível, +2 Des, +2 natural).

Pontos de Vida: 36.

Resistências: Fort +8, Ref +6, Von +3.

Deslocamento: 15m.

Ataques Corpo-a-Corpo: mordida +9 (1d8+8).

Habilidades: For 23, Des 15, Con 19, Int 2, Sab 12, Car 6.

Derrubar Aprimorado: se o lobo medonho acerta um ataque de mordida, pode fazer a manobra derrubar como ação livre (bônus +17).

Tesouro: nenhum.

Rato Gigante ND 1/2

Estes ratos imensos atingem até 1,5m de comprimento e pesam 25kg. São mais ferozes que ratos comuns; embora se alimentem de carniça e restos, podem atacar criaturas maiores para defender seus ninhos e territórios.

Animal 2, Pequeno, Neutro

Iniciativa +4

Sentidos: Percepção +6, faro, visão na penumbra.

Classe de Armadura: 14 (+3 Des, +1 tamanho).

Pontos de Vida: 10.

Resistências: Fort +4, Ref +6, Von +2.

Deslocamento: 9m, escalada 6m, natação 4,5m.

Ataques Corpo-a-Corpo: mordida +5 (1d4+1 mais doença).

Habilidades: For 10, Des 17, Con 12, Int 1, Sab 12, Car 2.

Perícias: Furtividade +8.

Doença: ser mordido por um rato gigante exige um teste de Fortitude (CD 14). Em caso de falha, a vítima contrai febre do esgoto (Tormenta RPG, Capítulo 10).

Tesouro: nenhum.

Urso das Cavernas ND 6

Versão enorme e pré-histórica do urso marrom, encontrado na Ilhas Atrozes e Montanhas de Marfim. Mede 6m e pesa até 3 toneladas. Extremamente agressivo, ataca seres humanos sem hesitar.

Animal 12, Enorme (alto), Neutro

Iniciativa +7

Sentidos: Percepção +16, faro, visão na penumbra.

Classe de Armadura: 20 (+6 nível, +1 Des, –2 tamanho, +5 natural).

Pontos de Vida: 144.

Resistências: Fort +16, Ref +9, Von +9.

Deslocamento: 12m.

Ataques Corpo-a-Corpo: mordida +19 (2d6+18) ou mordida +17 (2d6+18) e 2 garras +17 (1d8+18).

Habilidades: For 35, Des 13, Con 23, Int 2, Sab 12, Car 6.

Agarrar Aprimorado: se o urso das cavernas acerta um ataque de garra, pode fazer a manobra agarrar como ação livre (bônus +31).

Tesouro: nenhum.

Criatura Aberrante

Peste e doença infestam o Reino das Torres, maculam a vida, contaminam tudo que existe. Nenhum animal natural consegue viver ali. No entanto, seres deformados rastejam em meio à pestilência, transmutados pela podridão local — ou pior, manipulados por seres de inteligência alienígena. Podem ainda ser resultado de experimentos realizados por conjuradores loucos, em busca de novas formas de vida.

Uma criatura aberrante tem aparência monstruosa, grotesca, saída de pesadelos. Olhos bulbosos e mandíbulas salivantes estão onde não poderiam estar. Ossos saltam fora da pele em pontas afiadas, carne transparente exibe a pulsação dos órgãos internos, antenas e tentáculos chicoteiam o ar.

Quase todas as criaturas aberrantes são insanas, vivendo uma existência torturada, e odiando todos os outros seres.

- **Criatura-base:** deve ser do tipo animal, monstro ou humanoide.
- **Tendência:** muda para Caótica e Maligna.
- **Tipo:** muda para monstro. Isso altera retroativamente PV e BBA recebidos por níveis de tipo, mas não perícias treinadas ou talentos recebidos pelo tipo.
- **Visão no Escuro:** a criatura recebe esta habilidade.
- **Redução de Dano:** a criatura ganha redução de dano 5.
- **Aparência Horripilante:** qualquer criatura a até 9m deve ser bem-sucedida em um teste de Vontade (CD 10 + ½ nível + mod. Con) ou ficará enjoada por 1d6 rodadas. Uma criatura bem-sucedida no teste fica imune a esta habilidade por um dia.
- **Imunidade Biológica:** a criatura fica imune a doenças e venenos.
- **Tentáculo:** a criatura ganha uma arma natural de pancada, que causa dano igual a uma clava para seu tamanho.
- **ND:** +2.

Troll Aberrante — ND 8

Este troll é um monstro assustador, com tentáculos em meio ao seu cabelo de ervas e folhas. Seu corpo secreta um líquido pegajoso, parecido com resina, mas mais gosmento.

Monstro 6, Grande (alto), Caótico e Maligno

Iniciativa +5

Sentidos: Percepção +8, visão no escuro.

Classe de Armadura: 19 (+3 nível, +2 Des, +4 natural).

Pontos de Vida: 72.

Resistências: Fort +11, Ref +7, Von +2, cura acelerada 5/ácido ou fogo, redução de dano 5, imunidade a doenças e venenos.

Deslocamento: 9m.

Ataques Corpo-a-Corpo: tentáculo +12 (1d8+9) ou garra +12 (1d6+9) ou 2 garras +10 (1d6+9) e mordida +10 (1d6+9) e tentáculo +10 (1d8+9).

Habilidades: For 23, Des 14, Con 23, Int 6, Sab 9, Car 6.

Aparência Horripilante: qualquer criatura a até 9m do troll aberrante deve ser bem-sucedida em um teste de Vontade (CD 19) ou ficará enjoada por 1d6 rodadas. Uma criatura bem-sucedida no teste fica imune a esta habilidade por um dia.

Dilacerar: se o troll aberrante acerta uma criatura com as duas garras na mesma rodada, além do dano normal, vai rasgar sua carne e causar mais 2d6+9 pontos de dano.

Tesouro: padrão.

Criatura Abissal

O Reino do Indomável é habitado por muitos seres demoníacos. Impregnados com o caos maligno, são muito mais cruéis que suas contrapartes mundanas — enquanto um cavalo comum é dócil, lutando apenas quando forçado, um cavalo abissal será um sádico devorador de carne crua.

Criaturas abissais surgem nos Reinos de muitas formas. Podem ser invocadas por magos, através de rituais proibidos. Podem atravessar portais mágicos, abertos durante a execução de um ato profano. Ou podem apenas nascer naturalmente, em lugares de emanação maligna poderosa — como muitos pontos das Montanhas de Marfim.

Uma criatura abissal é mais sombria e sinistra que sua versão normal. Normalmente também apresenta chifres, presas, olhos vermelhos e outros traços demoníacos.

- **Criatura-base:** qualquer não Bondosa.
- **Tendência:** muda para Maligna.
- **Visão no Escuro:** a criatura recebe esta habilidade.
- **Redução de Dano:** a criatura ganha redução de dano 5/mágica.

• **Resistência a Energia:** a criatura ganha resistência a fogo 5 e frio 5.

• **Destruir o Bem:** uma vez por dia, a criatura abissal pode fazer um ataque corpo-a-corpo que causa 2 pontos de dano adicional por nível contra uma criatura Bondosa.

• **ND:** +1.

Carniçal Abissal — ND 2

Este carniçal tem pele carbonizada e olhos de um vermelho vivo. Seu rosto arruinado expressa apenas ódio e fome.

Morto-Vivo 2, Médio, Caótico e Maligno

Iniciativa +7

Sentidos: Percepção +3, visão no escuro.

Classe de Armadura: 14 (+1 nível, +2 Des, +1 natural).

Pontos de Vida: 12.

Resistências: Fort +1, Ref +3, Von +5, redução de dano 5/mágica, resistência a fogo 5 e frio 5.

Deslocamento: 9m.

Ataques Corpo-a-Corpo: mordida +2 (1d6+2 mais paralisia) ou mordida +0 (1d6+2 mais paralisia) e 2 garras +0 (1d4+2).

Habilidades: For 13, Des 15, Con –, Int 10, Sab 14, Car 12.

Perícias: Furtividade +7.

Destruir o Bem: uma vez por dia, o carniçal abissal pode fazer um ataque corpo-a-corpo que causa +4 pontos de dano adicional contra uma criatura Bondosa.

Febre do Carniçal: ferimento; 1d3 Des, 1d3 Con; Fort CD 18. Um humanoide morto por esta doença se erguerá como um carniçal abissal na próxima meia-noite.

Paralisia: uma criatura atingida pela mordida do carniçal abissal deve ser bem-sucedida em um teste de Fortitude (CD 12) ou ficará paralisada por 1d4+1 rodadas. Elfos são imunes a esta habilidade.

Tesouro: padrão.

Meio-Abissal

Devassos além de quaisquer limites, demônios cruzam com quase qualquer criatura que encontram — através de violência ou disfarces sedutores. Em geral preferem copular com vítimas inocentes, mas não é raro que cultistas ou druidas malignos conjurem demônios para rituais de luxúria.

Como resultado dessas uniões, nascem os meio-abissais, trazendo no sangue parte do poder demoníaco. Muitos sucumbem à natureza maligna, tornando-se monstros e vilões. Outros, mais raros, resistem ao chamado do mal e tentam levar vidas honestas, pacíficas.

Nos Reinos, meio-abissais muitas vezes tentam esconder sua verdadeira natureza. No entanto, quando revelados, podem ser vítimas de preconceito ou até perseguição por parte do Conselho Druida. Personagens jogadores que desejem jogar com meio-abissais podem escolher a raça sulfure, vista em detalhes no *Manual das Raças*. A critério do mestre, eles também podem escolher talentos moreau.

• **Criatura-base:** deve ser do tipo animal, monstro ou humanoide.

• **Tendência:** muda um passo em direção à Maligna.

• **Habilidades:** For +2, Des +2, Int +2, Car +2.

• **Visão no Escuro:** a criatura recebe esta habilidade.

• **Redução de Dano:** a criatura ganha redução de dano 5/mágica.

• **Resistência a Energia:** a criatura ganha resistência a ácido, eletricidade, fogo e frio 5.

• **Armadura Natural:** a criatura recebe CA+1.

• **Destruir o Bem:** uma vez por dia, o meio-abissal pode fazer um ataque corpo-a-corpo que causa 2 pontos de dano adicional por nível contra uma criatura Bondosa.

• **Obscurecer (M):** uma vez por dia, o meio-abissal pode lançar a magia *escuridão*, sem gastar PM.

• **ND:** +2.

Lobo Medonho Meio-Abissal — ND 5

Os caninos deste lobo medonho são ainda maiores que o normal, parecendo estar sempre gotejando sangue.

Animal 4, Grande (comprido), Neutro e Maligno

Iniciativa +5

Sentidos: Percepção +8, faro, visão na penumbra, visão no escuro.

Classe de Armadura: 18 (+2 nível, +3 Des, +3 natural).

Pontos de Vida: 36.

Resistências: Fort +8, Ref +7, Von +3, redução de dano 5/mágica, resistência a ácido, eletricidade, fogo e frio 5.

Deslocamento: 15m.

Ataques Corpo-a-Corpo: mordida +10 (1d8+9).

Habilidades: For 25, Des 17, Con 19, Int 4, Sab 12, Car 8.

Derrubar Aprimorado: se o lobo medonho meio-abissal acerta um ataque de mordida, pode fazer a manobra derrubar como ação livre (bônus +18).

Destruir o Bem: uma vez por dia, o lobo medonho meio-abissal pode fazer um ataque corpo-a-corpo que causa +8 pontos de dano adicional contra uma criatura Bondosa.

Obscurecer (M): uma vez por dia, o lobo medonho meio-abissal pode lançar a magia *escuridão*, sem gastar PM.

Tesouro: nenhum.

MEIO-DRAGÃO

Dragões são seres de incrível fertilidade. Eles assumem outras formas para acasalar com membros de raças variadas. Devido à potência de seu sangue, seus filhos quase sempre serão meio-dragões, seres que herdam parte do poder elemental dos grandes répteis. Em certos trechos das Montanhas de Marfim, praticamente tudo que se move será meio-dragão.

Meio-dragões não chegam a ser raros entre os moreau, especialmente nos lugares onde dragões governam comunidades. Entre servos do Indomável, um meio-dragão — também chamado herdeiro do dragão — é tratado como portador de uma grande honra. Já os devotos da Dama Altiva os consideram "pobres filhos maculados", fazendo o possível para conduzi-los ao caminho da pureza e bondade. Normalmente, personagens jogadores só podem obter este modelo através de opções avançadas, como a classe de prestígio discípulo do dragão (*Manual de Classes de Prestígio*), ou o talento Alma do Dragão (*O Mundo de Arton*).

• **Criatura-base:** deve ser do tipo animal, monstro ou humanoide.

• **Tipo:** muda para monstro. Isso altera retroativamente PV e BBA recebidos por níveis de tipo, mas não perícias treinadas ou talentos recebidos pelo tipo.

• **Habilidades:** For +8, Con +6, Int +2, Car +2.

• **Visão na Penumbra, Visão no Escuro:** a criatura recebe estas habilidades.

• **Imunidades:** a criatura ganha imunidade a paralisia e sono. Além disso, escolha um tipo de energia entre ácido, eletricidade, fogo, frio e sônico; você é imune a ele e causa esse tipo de dano com seu sopro.

• **Armadura Natural:** a criatura recebe CA+4.

• **Asas Dracônicas:** a criatura ganha deslocamento de voo igual ao dobro de seu deslocamento em terra, a menos que já tenha deslocamento de voo melhor.

• **Garras e Presas:** a criatura ganha duas armas naturais de garras, que causam dano igual a uma adaga para seu tamanho e uma arma natural de mordida, que causa dano igual a uma espada curta para seu tamanho, a menos que já tenha garras ou mordida com dano melhor.

• **Sopro:** como uma ação padrão, o meio-dragão pode cuspir um cone de 9m de ácido, fogo ou frio; ou uma linha de 18m de eletricidade ou sônico. Todas as criaturas na área sofrem dano igual a 1d6 por nível do meio-dragão (mais o bônus normal de ½ nível). Um teste de Reflexos (CD 10 + ½ nível + mod. Con) reduz o dano à metade. Essa habilidade pode ser usada um número de vezes por dia igual a seu mod. Con (mínimo 1).

• **ND:** +2 (mínimo ND 3) para criaturas com até 10 níveis; +4 para criaturas com 11 niveis ou mais.

GIGANTE URSO MEIO-DRAGÃO ND 14

Uma verdadeira força de destruição, este gigante urso tem o corpo coberto de escamas vermelhas e músculos inchados. Ele perambula pelas montanhas, destruindo tudo que não sair de seu caminho.

Monstro 17, Enorme (alto), Caótico e Maligno

Iniciativa +7

Sentidos: Percepção +8, faro, visão na penumbra, visão no escuro.

Classe de Armadura: 31 (+8 nível, –1 Des, –2 tamanho, +16 natural).

Pontos de Vida: 272.

Resistências: Fort +17, Ref +7, Von +8, redução de dano 5, imune a fogo, paralisia, esono.

Deslocamento: 15m, voo 30m.

Ataques Corpo-a-Corpo: 2 garras +29 (2d6+23, 19-20) e mordida +28 (2d6+23).

Habilidades: For 41, Des 8, Con 29, Int 8, Sab 11, Car 9.

Perícias: Atletismo +35.

Abraço de Urso: se o gigante urso meio-dragão acertar um alvo com suas duas garras irá apertar a vítima, o que causa 3d6+23 pontos de dano automaticamente (além do dano normal das garras).

Separar Aprimorado: o gigante urso meio-dragão recebe +4 em jogadas de ataque para separar (bônus total +43). Além disso, causa dano dobrado contra objetos.

Sopro: como uma ação padrão, o gigante urso meio-dragão pode cuspir um cone de 9m de fogo. Todas as criaturas na área sofrem 17d6+8 pontos de dano de fogo (Reflexos CD 27 reduz à metade). Ele pode usar essa habilidade 9 vezes por dia.

Trespassar: quando o gigante urso meio-dragão derruba uma criatura com um ataque corpo-a-corpo (reduzindo seus PV para 0 ou menos), pode realizar um ataque adicional contra outra criatura adjacente. O ataque adicional usa os mesmos bônus de ataque e dano do primeiro, mas os dados devem ser rolados novamente. O gigante urso meio-dragão pode usar este talento uma vez por rodada.

Tesouro: padrão.

Meio-Golem

Tentando sobreviver à própria pestilência e prolongar a longevidade, os darash desenvolveram formas de substituir seus órgãos naturais por partes mecânicas. O resultado final, os *yidishan*, foi um sucesso parcial. Os meio-golens são realmente imunes a doenças, envelhecimento, fome ou sede — mas são também insanos e malignos, enlouquecidos pela dor da transformação.

Meio-golens são seres bizarros, com peças de metal presas à carne com grampos, cravos e arames, de formas muito dolorosas. Suas partes mecânicas oferecem grande força e resistência, mas a agonia constante sufoca qualquer pensamento racional. A maior parte deles vaga pelo Reino das Torres em bandos, muitos a serviço do vilão Bunkman Berenwocket, aquele que criou a maior parte destes monstros.

• **Criatura-base:** deve ser do tipo animal, monstro ou humanoide.

• **Tendência:** muda para Caótica e Maligna.

• **Habilidades:** For +6, Des +2, Con +2, Int –4, Car –4.

• **Visão no Escuro:** a criatura recebe esta habilidade.

• **Imunidades:** a criatura ganha imunidade a atordoamento, dano não letal, doenças, envelhecimento, fadiga, paralisia, sono e venenos. Além disso, não precisa se alimentar, respirar ou dormir.

• **Peças Protetoras:** a criatura recebe CA+4, e +2 em testes de Fortitude e Reflexos.

• **ND:** +2.

Bugbear Meio-Golem ND 3

Este ghob-kin tem um braço metálico no lugar de seu braço esquerdo normal, e várias placas de aço enxertadas no dorso. A dor causada pelo metal preso à sua carne o enlouqueceu.

Humanoide 3, Médio, Caótico e Maligno

Iniciativa +12

Sentidos: Percepção +0, faro, visão no escuro.

Classe de Armadura: 21 (+1 nível, +2 Des, +3 armadura, +2 escudo, –1 tamanho, +4 natural).

Pontos de Vida: 18.

Resistências: Fort +7, Ref +5, Von +0, imune a atordoamento, dano não letal, doenças, envelhecimento, fadiga, paralisia, sono e venenos.

Deslocamento: 9m.

Ataques Corpo-a-Corpo: maça +8 (1d8+7).

Ataques à Distância: azagaia +3 (1d6+7).

Habilidades: For 23, Des 15, Con 16, Int 6, Sab 9, Car 2.

Perícias: Furtividade +3, Intimidação +11.

Equipamento: azagaia, couro batido, escudo pesado, maça.

Tesouro: padrão.

Open Game License

OPEN GAME LICENSE Version 1.0a

The following text is the property of Wizards of the Coast, Inc. and is Copyright 2000 Wizards of the Coast, Inc ("Wizards"). All Rights Reserved.

1. Definitions: (a)"Contributors" means the copyright and/or trademark owners who have contributed Open Game Content; (b)"Derivative Material" means copyrighted material including derivative works and translations (including into other computer languages), potation, modification, correction, addition, extension, upgrade, improvement, compilation, abridgment or other form in which an existing work may be recast, transformed or adapted; (c) "Distribute" means to reproduce, license, rent, lease, sell, broadcast, publicly display, transmit or otherwise distribute; (d)"Open Game Content" means the game mechanic and includes the methods, procedures, processes and routines to the extent such content does not embody the Product Identity and is an enhancement over the prior art and any additional content clearly identified as Open Game Content by the Contributor, and means any work covered by this License, including translations and derivative works under copyright law, but specifically excludes Product Identity. (e) "Product Identity" means product and product line names, logos and identifying marks including trade dress; artifacts; creatures characters; stories, storylines, plots, thematic elements, dialogue, incidents, language, artwork, symbols, designs, depictions, likenesses, formats, poses, concepts, themes and graphic, photographic and other visual or audio representations; names and descriptions of characters, spells, enchantments, personalities, teams, personas, likenesses and special abilities; places, locations, environments, creatures, equipment, magical or supernatural abilities or effects, logos, symbols, or graphic designs; and any other trademark or registered trademark clearly identified as Product identity by the owner of the Product Identity, and which specifically excludes the Open Game Content; (f) "Trademark" means the logos, names, mark, sign, motto, designs that are used by a Contributor to identify itself or its products or the associated products contributed to the Open Game License by the Contributor (g) "Use", "Used" or "Using" means to use, Distribute, copy, edit, format, modify, translate and otherwise create Derivative Material of Open Game Content. (h) "You" or "Your" means the licensee in terms of this agreement.

2. The License: This License applies to any Open Game Content that contains a notice indicating that the Open Game Content may only be Used under and in terms of this License. You must affix such a notice to any Open Game Content that you Use. No terms may be added to or subtracted from this License except as described by the License itself. No other terms or conditions may be applied to any Open Game Content distributed using this License.

3. Offer and Acceptance: By Using the Open Game Content You indicate Your acceptance of the terms of this License.

4. Grant and Consideration: In consideration for agreeing to use this License, the Contributors grant You a perpetual, worldwide, royalty-free, non-exclusive license with the exact terms of this License to Use, the Open Game Content.

5. Representation of Authority to Contribute: If You are contributing original material as Open Game Content, You represent that Your Contributions are Your original creation and/or You have sufficient rights to grant the rights conveyed by this License.

6. Notice of License Copyright: You must update the COPYRIGHT NOTICE portion of this License to include the exact text of the COPYRIGHT NOTICE of any Open Game Content You are copying, modifying or distributing, and You must add the title, the copyright date, and the copyright holder's name to the COPYRIGHT NOTICE of any original Open Game Content you Distribute.

7. Use of Product Identity: You agree not to Use any Product Identity, including as an indication as to compatibility, except as expressly licensed in another, independent Agreement with the owner of each element of that Product Identity. You agree not to indicate compatibility or co-adaptability with any Trademark or Registered Trademark in conjunction with a work containing Open Game Content except as expressly licensed in another, independent Agreement with the owner of such Trademark or Registered Trademark. The use of any Product Identity in Open Game Content does not constitute a challenge to the ownership of that Product Identity. The owner of any Product Identity used in Open Game Content shall retain all rights, title and interest in and to that Product Identity.

8. Identification: If you distribute Open Game Content You must clearly indicate which portions of the work that you are distributing are Open Game Content.

9. Updating the License: Wizards or its designated Agents may publish updated versions of this License. You may use any authorized version of this License to copy, modify and distribute any Open Game Content originally distributed under any version of this License.

10 Copy of this License: You MUST include a copy of this License with every copy of the Open Game Content You Distribute.

11. Use of Contributor Credits: You may not market or advertise the Open Game Content using the name of any Contributor unless You have written permission from the Contributor to do so.

12 Inability to Comply: If it is impossible for You to comply with any of the terms of this License with respect to some or all of the Open Game Content due to statute, judicial order, or governmental regulation then You may not Use any Open Game Material so affected.

13 Termination: This License will terminate automatically if You fail to comply with all terms herein and fail to cure such breach within 30 days of becoming aware of the breach. All sublicenses shall survive the termination of this License.

14 Reformation: If any provision of this License is held to be unenforceable, such provision shall be reformed only to the extent necessary to make it enforceable.

15 COPYRIGHT NOTICE

Open Game License v 1.0, Copyright 2000, Wizards of the Coast, Inc.

System Reference Document, Copyright 2000, Wizards of the Coast, Inc. Autores Jonathan Tweet, Monte Cook e Skip Willians, baseado em material original de E. Gary Gygax e Dave Arneson.

Tormenta RPG, Copyright 2010, Jambô Editora. Autores Marcelo Cassaro, Rogerio Saladino, J.M. Trevisan, Leonel Caldela, Guilherme Dei Svaldi e Gustavo Brauner.

O material a seguir é considerado Identidade do Produto: todos os termos referentes ao cenário de *Tormenta*, incluindo nomes e descrições de personagens, deuses, lugares e fenômenos, e todas as ilustrações.

O material a seguir é considerado Conteúdo Open Game: todo o texto do livro, exceto por material previamente declarado Identidade do Produto.